Quat'jeudis

\-

E pericoloso sporgersi

Hervé SARD

« Les journalistes ne doivent pas oublier qu'une phrase se compose d'un sujet, d'un verbe et d'un complément. Ceux qui voudront user d'un adjectif passeront me voir dans mon bureau. Ceux qui emploieront un adverbe seront foutus à la porte. »

Georges Clémenceau

(Alors rédacteur en chef de l'Aurore)

Une pie tant pis, deux pies tant mieux ;

Trois pies malheur, quatre pies bonheur.

(Comptine)

Table des matières

Mardi 11 h - Elle m'a pris pour quelqu'un d'autre….......................................9

Mardi 12 h - Anank é et moi, au bout d'une heure…...................................15

Mardi 12 h 30 - Le cadavre gisait…...19

Mardi 12 h 50 - Le moribond ressemblait à un Pinocchio….......................25

Mardi 13 h 05 - De retour dans la 4L…...29

Mardi 19 h 28 - On a pris le même train…...37

Mercredi 8 h - Jobard m'a dérangé…...43

Mercredi 16 h 00 - Monsieur et madame Bourdon ont un fils….................53

Mercredi 19 h - Nantes n'a pas le monopole des bars….............................59

Mercredi 21 h 30 - Le TER du drame…...69

Jeudi 11 h - Toumane dormait encore… 73

Jeudi 14 h - Titine filait bon train… 81

Jeudi 17 h - Le brigadier-chef Pommier…...91

Vendredi 11 h - Jobard au bistrot…...97

Vendredi 12 h - Il s'appelle Maroni…..105

Vendredi 12 h 30 - Anank é ! On file chez les vieux schnocs !...................111

Vendredi 14 h 30 - Une visite dans l'antre d'un légiste… 117

Vendredi 15 h 30 - Il portait un imper d'exhibitionniste… 127

Vendredi 18 h 30 - Toumane venait d'un pays où…..................................137

Samedi 10 h - Coco est neurasthénique… 141

Samedi 14 h - Un indice…...147

Samedi 21 h - Jobard avait consenti à me voir….......................................151

Samedi 22 h - On prenait l'apéro…...155

Dimanche 11 h - Le gars Maximilien était un personnage….....................161

Dimanche 15 h - S'il y a un truc de sacré dans ma vie… 169

Lundi 10 h - Gut' râlait…...175

Lundi 14 h - Toumane était en…..179

Lundi 20 h 00 - Elle lisait un magazine people… 185

Mardi 13 h - Le procureur Rouzès avait ses habitudes… 193

Mardi 17 h - Jobard avait fait vite… 201

Mercredi 2 h 30 - L'idée m'est venue comme une envie de… 207

Mercredi 6 h - Tout s'est passé… 213

Mercredi 19 h - C'est bien beau… 217

Épilogue 221

Mardi 11 h - Elle m'a pris pour quelqu'un d'autre…

… et j'ai pensé que c'était une nouvelle factrice. Je me trompais, bien sûr. Au troisième sans ascenseur, avec l'escalier qui rend l'âme ? Et puis les factrices, nouvelles ou pas, portent en général quelque chose dans les mains ou un sac bourré de factures en bandoulière. Ou de recommandés et une fois l'an de calendriers. Sinon, à quoi bon monter ?

Elle a toqué. J'ai ouvert. Elle a hésité :

— Bonjour… J'ai… J'avais rendez-vous. Avec le responsable du journal… C'est bien ici ?

Elle n'était ni belle ni laide. Ni grande ni petite, ni grosse ni maigre, ni bien sapée ni dépenaillée. Mais elle était jeune. Très. Les jeunes sont de plus en plus jeunes, j'ai remarqué ça. Les vieux aussi. Disons que les vieux sont de moins en moins vieux, ce qui est curieux parce qu'on nous affirme que l'espérance de vie augmente. Il y a là un paradoxe qui mérite l'attention. Einstein lui-même postulait la relativité de l'espace et du temps. Le temps, affirmait-il, est propre à chacun. Einstein est mort maintenant, son propre temps s'est arrêté, mais je veux en toute modestie ajouter ce point ô combien évident et pourtant étonnant : la pyramide des âges, elle aussi, est relative.

J'ai enfoui ces inepties dans un recoin de mon esprit et bredouillé :

— Vous êtes…

Je me suis repris :

— Vous êtes ?

Elle a souri. Les sourires sont des révélateurs, sinon de l'âme, du moins des états de celui-ci. La sienne, d'âme, était sereine.

— Je m'appelle Pimprenelle. Pimprenelle Armstrong.

Je me suis dit que ses parents devaient être dans la lune lorsqu'ils lui avaient choisi un prénom. Joli, par ailleurs. Il allait falloir en changer, mais nous n'en étions pas encore là.

— Enchanté. Moi c'est Quentin. Quentin Dickens. Le… responsable de *Quat'jeudis*. Tout le monde m'appelle Kant. Mes parents n'ont pas osé, eux. M'appeler Charles, je veux dire.

— Vous êtes… ? Oh pardon ! J'ai… Enfin je…

— Pas de souci. Je n'ai pas une tête de patron de journal. C'est de naissance et c'est incurable, mais je n'ai jamais entendu dire que ça puisse être contagieux. Entrez !

Elle s'est avancée. Je l'ai escortée. Un bien grand mot, parce que mon deux-pièces est à la fois le siège de la gazette et le lieu où je passe mes nuits, prépare de bons petits plats, les mange, bref fait tout ce que d'ordinaire on fait chez soi, l'ensemble occupant trente et quelques mètres-carrés du plus ancien immeuble de la rue des Vieilles-Douves, en plein cœur de Nantes. Un lieu… ancien. *Très* ancien.

— Excusez le désordre, ma gouvernante est en RTT et le majordome marie sa fille.

Les yeux de Pimprenelle ont ausculté la pièce et n'ont pas eu l'air gênés. Un plan de travail contre le mur, posé sur deux tréteaux, encombré de papiers, de dossiers, d'un cendrier et d'un PC, affublé d'une chaise pivotante à roulettes récupérée dans la rue et qui avait déjà bien vécu. Une armoire moche. Un canapé clic-clac qui avait connu des jours meilleurs. Un pouf. Une chaise. Un tableau représentant la Venus de Milo. Un coin cuisinette avec deux plaques électriques, un mini-frigo, un micro-placard et le couvert d'hier dans l'évier. Une fenêtre donnant sur cour, affublée de rideaux qui avaient été blancs. Une ouverture sans porte, menant à la chambre. Le tout posé sur un antique parquet parsemé çà et là de quelques moutons de poussière. En résumé, ça disait le pauvre et le quadra célibataire.

La jeune femme a haussé les épaules, posé son sac à main sur le pouf, et livré un verdict clément :

— C'est presque pire chez moi. Depuis que ma préceptrice est partie évangéliser chez les Pygmées, c'est Beyrouth. Je viens pour le stage…

— Le stage ? Le… Ah oui, le stage. Sinon, pourquoi, hein ?

— Vous… cherchez bien une stagiaire ? J'ai lu l'annonce.

J'avais passé une petite annonce. Dans mon propre journal, tant qu'à faire. Ça revient moins cher. On dit les patrons, les patrons… Oui, eh bien il en est qui ne roulent pas sur l'or. Ceux-là roulent leur bosse, ça oui. Ils triment, ils se passionnent, ils investissent, ils… Ils mouillent la chemise, et parfois la culotte. Je ne suis pas si atypique, tout compte fait. Patron de moi-même et de personne d'autre, assujetti à des taxes à n'en plus finir qui me garantissent de quoi ? De peu, en vérité. Mais passons, j'avais en face de moi une créature vivante :

— Étudiante ?

— En com. Communication. Deuxième année de licence. Je sais que pour les stages les journaux ne prennent qu'à partir de la troi…

J'ai toujours eu de l'aversion pour les récitations. Ça remonte à l'école primaire, quand on nous gavait de Maurice Carême alors qu'on aurait préféré du Prévert. Mais il y avait quelque chose de touchant dans la façon dont elle récitait. Un mélange de timidité et d'affront. J'avais en face de moi une personnalité en devenir, en construction. Quel âge avait-elle, cette Pimprenelle ? Vingt ans à peine. Mais vingt ans, pour un jeune, c'est déjà vieux.

— Ne vous justifiez pas. Plus tard. Ou jamais. Vous avez une idée de ce que j'attends de vous ?

Si elle en avait eu la moindre, d'idée, elle ne serait pas montée. Mais la jeunesse permet tout. La jeunesse s'autorise tout et sait s'autoriser des interdits. Et c'est très bien ainsi parce qu'on ne vient pas en stage à *Quat'jeudis* pour faire des photocopies.

— J'ai déjà travaillé pour un journal ! À Presse-O. Deux radiotrottoirs, trois articles parus et j'ai même fait la…

— C'est bien. C'est très bien. Mais… ici ? Vous pensez faire quoi, *ici* ?

Grand sourire. Belles dents, regard pétillant, intelligent. Fossettes qui se creusent, charmantes. Répartie plus terre-à-terre :

— Le ménage ?

L'humour est avec le bon sens la qualité que je préfère chez mes contemporains. La tolérance, aussi. J'ai davantage de qualités préférées que de défauts préférés, et si je devais choisir un défaut préféré je serais bien ennuyé. Je me demande si la question a un sens. Peut-on préférer un défaut ? À l'opposé, peut-on détester une qualité ? Oui. Il y a des qualités exaspérantes et des défauts touchants.

En parlant de ménage et de tolérance, ma visiteuse n'avait pas cru bon de faire remarquer que chez moi, ça sentait la ménagerie. Ça *puait* la ménagerie. À cause de Coco. Loin de moi l'idée de me chercher des excuses, mais Coco sent mauvais, c'est un fait. L'éleveur m'avait prévenu : ce n'est pas un coq d'appartement.

Il ne s'agissait pas de faire le ménage. J'avais besoin d'un ou d'une stagiaire parce qu'il me fallait de la main d'œuvre, et les stagiaires sont moins chers, performants, motivés, si l'on prend le temps de les choisir et de leur confier des tâches comme il sied à leur âge, à leur expérience et à leur – pour certains – insatiable curiosité. En matière de choix, j'étais un recruteur aux idées arrêtées :

— J'ai sept commandements. Si tu réponds banco à chaque, je t'engage. Stagiaire pour un mois, payée au Smic plus vingt pour cent. S'il y a un commandement qui te déplaît, on en discute. Deux ou plus, c'est par ici la sortie.

— Ça me va. Allons-y pour l'entretien d'embauche…

J'avais pris mon air sérieux. Il me va mal. J'ai beau tenter de le travailler, les résultats sont mitigés. J'ai commencé par observer ma peut-être future stagiaire de la tête aux pieds, sans manifester la moindre émotion ou le plus petit indice d'un quelconque avis. En général, cela impressionne, met mal à l'aise. Elle me regardait, tranquille mais sans crânerie. Cheveux châtains mi-longs, yeux marron, taille et corpulence moyennes ; ni belle ni laide, je l'ai déjà dit, mais un charme certain renforcé par un demi-sourire et par ce visage détendu, en permanence incliné sur le côté droit. La carapace m'a plu, restait à découvrir ce qu'elle dissimulait :

— Voici les sept commandements. Un : quand on se rend quelque part, tu prends des photos et des notes. Plein de photos et beaucoup de notes. Deux : tu n'as pas peur de t'approcher des horreurs que le côté obscur de cette ville nous réserve. Trois : tu n'as pas d'horaires, mais quand j'ai besoin de toi tu te rends libre comme l'air. Quatre : tu comprends vite. Cinq : pas de chewing-gum, pas d'écouteurs aux oreilles, téléphone en mode vibreur et pas d'appels perso. Six : tu marches bien et longtemps. Sept : je t'appellerai Ananké. C'est tout.

— Ananké comme la déesse ?

— Pour ne rien te cacher. C'est ma déesse grecque préférée. Un amour de jeunesse… Si elle avait existé, je l'aurais épousée. Disons, j'aurais essayé.

— Ça me va, Ananké. Pimprenelle, ça fait toujours débat.

— Et… le reste ?

— Aussi.

On a topé là. J'ai quand même précisé que ne pas utiliser de chaussures à talons faisait partie des commandements implicites. Elle m'a promis de remiser ses pompes jusqu'au prochain carnaval.

— Comment savez-vous que je comprends vite ?

— Quelqu'un qui connaît Ananké comprend vite. C'est Freud qui a découvert ça.

— Freud ? Ah bon ?

— Non. En vrai, c'est moi. Assieds-toi.

Je lui ai désigné le pouf, tandis que je posais mes fesses sur la chaise. Il y a eu un craquement, puis un pchiiii… et on est passés aux choses sérieuses :

— Tu bois quelque chose ?

Coco, comme répondant à un appel, a surgi à ce moment-là. Sa cage– toujours ouverte car Monsieur est un brin claustro – est dans la chambre. Il ne supporte pas de passer une nuit loin de moi. Ananké ne l'avait pas encore vu, même si l'odeur avait dû lui indiquer la présence d'un fauve dans l'appartement. Elle a sursauté, tandis que mon Coco se dandinait :

— C'est… ?

— Coco. Il n'est pas très aimable, assez ronchon, mais inoffensif. Enfin… la plupart du temps. Par précaution, je lui lime les ergots. Il ne loupe jamais un apéro ! Il est comme ça, Coco. On dit que les poulets, les poules, les coqs, enfin toutes ces bestioles comme les dindes, les dindons etc. sont stupides. C'est vrai. La bêtise des gallinacés est incommensurable. Mais même domestiqués depuis des générations et des générations, ils ont gardé une partie de leur instinct. Par certains côtés, Coco tient plus de l'humain que de ses lointains ancêtres sauvages. Lui et moi, si une machine à remonter le temps nous plongeait en pleine préhistoire, on ne survivrait pas une journée. Bon, ce n'est pas l'heure de philosopher : tu bois quoi ?

Elle a opté pour un Perrier, je me suis servi un Picon bière. Coco s'est régalé d'une capsule d'eau du robinet agrémentée de trois gouttes de mirabelle.

La vie est belle.

Mardi 12 h - Ananké et moi, au bout d'une heure…

… on était comme cul et chemise.

Des partenaires. Des vrais. On était prêts à sillonner le monde, à investiguer sur les sujets qui fâchent, à défendre la veuve et l'orphelin en dénonçant les ignominies de cette société qui nous mine, nous déplaît, et pourtant nous enchante. Bref, de doux rêveurs, mais rêver est un cadeau du ciel.

Ananké n'avait découvert l'existence de *Quat'jeudis* que suite à la lecture de l'annonce par un de ses amis, mais elle avait pris soin, avant de venir, de s'enquérir de sa « ligne éditoriale ». Je n'aime pas l'expression, je trouve que ça fait pompeux, mais c'est l'expression consacrée ; un journal, serait-ce une simple feuille de chou, se doit d'avoir une ligne éditoriale et il faut faire avec. Pour se mettre au courant, Ananké avait fait l'acquisition du dernier numéro et en avait lu l'intégralité, depuis la première page jusqu'aux petites annonces en passant par les mots-croisés. De quoi se faire une idée. La « ligne éditoriale » de *Quat'jeudis* est claire : creuser les sujets qui font la une (parfois la « deux » ou la « trois ») des quotidiens régionaux pendant quelque temps avant de sombrer aux oubliettes, et aller au fond des choses. Dès que possible, mettre en avant des faits qui n'ont pas eu l'heur de plaire à mes géants concurrents, ou remettre les pendules à l'heure sur certaines approximations dont mes confrères, sans doute par souci de simplification, sont friands. Ou encore remonter des culs-de-basse-fosse des potins oubliés qui avaient à leur époque fait l'actualité.

Ce que j'ignorais bien sûr au terme de cette heure consacrée à briefer Ananké sur les tenants et les aboutissants du métier de journaliste à *Quat'jeudis*, c'était que le rêve « cadeau du ciel » allait prendre des allures cauchemardesques. J'ai l'habitude, elle moins.

C'est un coup de fil de Jobard qui a déclenché le branle-bas de combat. Jobard… « Lieutenant » Loïc Jobard, du SRPJ de Nantes. Droit dans ses bottes en apparence, ce flic est le prince des menteurs et le roi des filous. L'empereur de l'embrouille. D'un point de vue professionnel, je n'y vois que des avantages, mais je ne lui confierais pas Coco à garder. Il trouverait le moyen de me rançonner.

Ananké et moi étions en pleine séance de délire sur les perspectives d'un nouvel ordre mondial sur fond de revenu universel et d'écologie planétaire quand mon téléphone a vibré. La caboche amochée de mon flic préféré s'est affichée. J'ai pris l'appel.

— Allô Jobard ?

— Salut Kant. Je te dérange ?

— Pas le moins du monde.

— Dommage. J'ai un tuyau pour toi.

— Exclusivité ?

— Exclusivité, mais plus pour longtemps, alors grouille-toi. Voie ferrée Nantes - Rennes. Dans le sens Rennes - Nantes. En venant de Nantes, tu prends la direction Savenay par la voie rapide, puis tu enquilles la D17. Tu notes ? Sur la D17, tu vas tomber sur un bled qui s'appelle Saint-Marcellin-les-Cailles. Comme du Saint-Marcellin et des cailles. Saint-Marcellin-les-Cailles. Dans le bourg, il y aura un parking sur ta gauche. Juste après ce parking, une petite route à gauche. Tu la suis, elle passe sous la voie ferrée. Dès que t'as passé dessous, il y a un chemin sur ta droite. Tu prends ce chemin. Tu fais un petit kilomètre. C'est en pleine cambrousse. J'y suis. Viens. Et prends des bottes.

— Il retourne de quoi ?

— Il retourne qu'il y a quelqu'un sur place qui ne t'adressera jamais la parole. Les cadavres sont muets, en général. Mais j'ai pour mission de le faire causer. Putain de métier.

Il a raccroché.

Nous, on a foncé

Mardi 12 h 30 - Le cadavre gisait...

… à trois mètres de la voie ferrée.

De loin, on ne voyait rien. De près, on en voyait trop. Pas de juste milieu. Un cadavre, c'est tout sauf séduisant. Ananké n'a pas bronché. Un bon point.

Titine, ma brave 4L orange sortie en 1971 des chaînes de Billancourt, nous avait transportés de l'hyper-centre nantais jusqu'au lieu indiqué par Jobard en moins de trente minutes. Malgré son âge, Titine est capable de pointes à cent dix, mais je la ménage et je respecte les limitations de vitesse. Pour Ananké, ce trajet en 4L était une première. Elle avait bien fait quelques escapades en 2 Cv avec un ex du côté du Larzac et tenté de conduire une antique Trabant lors d'un séjour à Budapest, mais la 4L, c'est autre chose. Un art de vivre. Une philosophie.

Coco faisait du trampoline sur la banquette arrière. Il est trop petit pour voir le paysage, alors il passe son temps à sautiller pour observer, espérant peut-être ainsi repérer dans les champs une poulette de combat naine. Coco est d'un naturel optimiste, ce qui ne l'empêche pas d'avoir de temps à autre des crises de neurasthénie. Un coq bipolaire, voilà ce dont j'ai hérité.

J'ai garé Titine en lisière de fossé, derrière une camionnette rutilante et la 206 déglinguée de Jobard. On y était. À une cinquantaine de mètres, au bout d'un pré, quatre humains s'affairaient.

— On a bien fait de prendre des bottes. C'est plus un champ, c'est une rizière… Ton téléphone sait faire des photos ?

Ananké m'a lancé un regard mi-amusé, mi-narquois. « Un téléphone qui *ne saurait pas* faire des photos ? Mais nous ne sommes plus au Moyen âge, mon brave monsieur… » Voilà ce qu'elle devait penser, mais elle était encore en période d'essai et s'est contentée de préciser :

— 16 millions de pixels.

— Tu m'en diras tant. 16 millions… Mais encore ?

— Avec ça on pourrait compter les boutons d'acné sur le visage d'un ado à cinq cents mètres.

— On n'arrête pas le progrès. Tu sais quoi ? Plus le progrès progresse, moins j'ai l'impression d'y participer. Compter les boutons d'acné, tu dis ? Fichtre ! Ça suffira. Fais-en bon usage, de ton télescope, mais sans te faire remarquer.

On a traversé tant bien que mal ce qui avait servi à faire pousser des végétaux indéfinissables avant de virer marécage. Le printemps qui s'éternisait avait été pluvieux, l'été semblait avoir fait valoir son droit de retrait. Réchauffement climatique ?

Jobard hochait la tête. Deux gars et une fille de la scientifique, tout de blanc vêtus, faisaient des relevés. Déjà.

Un train est passé, bruyant, comme il se doit, puis Jobard s'est tourné vers moi :

— Suicide. Elle était jeune. C'est moche.

La scientifique pour un suicide ? C'est de l'excès de zèle. Si l'on faisait venir les techniciens de scènes de crime à chaque pendu ou écrabouillé par un TGV, il faudrait décupler les effectifs de techniciens PTS[1] et inscrire les décédés volontaires sur liste d'attente.

---

[1] Police Technique et Scientifique

J'ai pris mon temps pour faire le tour de la question, puis haussé les épaules et me suis adressé à Ananké :

— Suicide ? Tu crois ça, toi ?

— On dirait bien. Pourquoi ?

Des suicidés du rail, j'en ai vu des wagons. Jobard aussi, mais le suicide devait l'arranger. Je le lui ai à peine fait remarquer :

— Jobard ? Tu penses *vraiment* que c'est un suicide ?

Il a toussé. La toux est un bel outil de communication. Elle exprime une certaine gêne et permet de gagner du temps dans la conversation. La toux temporise, laisse à celui qui l'utilise quelques secondes nécessaires à la réflexion. Elle est l'équivalent du « euh... » que pratiquent les non-initiés, en plus efficace et un brin plus classe. Quand je débarque quelque part, je suis plus souvent observateur qu'acteur. C'est le métier qui veut ça. Le métier, et une bonne dose de ma personnalité. Observer me plaît. Avec les yeux, avec les oreilles, avec le nez. Avec le cœur aussi. Les émotions. Les miennes, et celles des autres ; à défaut de les ressentir, j'essaie de les traduire.

Jobard usait de la toux en expert. Il a singé Ananké :

— On dirait bien. Pourquoi ?

— De deux choses l'une. La fille s'est postée au centre de la voie et dans ce cas elle aurait été transformée en pâtée. Ou elle a été projetée et alors le corps serait bien plus loin.

— Elle peut avoir sauté du train. Il se peut aussi que le train ait roulé à petite vitesse. Ou qu'elle ait décidé de voyager sur le toit. C'est à la mode.

— Juste. Chez les Russes, il paraît que c'est devenu un sport. Des gamins se selfisent ou se font filmer perchés sur une rame lancée à toute berzingue. L'équivalent moderne du concours de celui qui pisse le plus loin. Le conducteur a signalé quelque chose ?

— Non. Rien. En fait je ne sais pas. On ignore encore quel train a fait ça.

Il avait bon dos, le suicide. Et Jobard m'aurait déplacé pour si peu ? Et il aurait ameuté la scientifique ? Mais pas l'ombre d'un médecin. Du coup, je ne posai même pas la question de savoir vers quelle heure la malheureuse était passée de vie à trépas. Hum… Dès le départ, cette affaire m'a semblé bizarre. L'avenir allait me donner raison. J'ai poursuivi mon argumentaire.

— Reste le saut *depuis* le train. Si suicide il y a. Ou la tentative de selfie depuis le toit, tu as raison Jobard, mais vu l'accoutrement de la victime, je n'y crois pas. Et puis, tu vois quelque chose qui ressemble à un appareil-photo ? Peut-être qu'elle était en retard et qu'elle a voyagé sur le marchepied ?

Jobard a froncé les sourcils, puis il a expliqué que la femme n'avait pas de papiers sur elle. Pas d'argent, pas de portefeuille, pas de carte bancaire. Pas de petite culotte, non plus, ce qui était encore plus étrange.

Je me suis approché du corps. Ananké m'a suivi. Depuis notre arrivée, elle mitraillait en douce avec son portable. Efficace. La femme devait avoir dans les trente ans, ou un peu moins. Difficile à dire, ce que l'on apercevait de son visage était en grande partie ensanglanté. Elle avait dû dans un premier temps atterrir sur le ballast, puis rebondir ou rouler un peu plus loin. Tel était du moins mon avis. Mort sans doute instantanée. En tout cas, c'était à espérer.

Le portable de Jobard s'est mis à imiter un tube démodé. Insupportable. *La musique est un cri qui vient de l'intérieur*, chante l'excellent Lavilliers. L'intérieur du portable de Jobard criait, non : *braillait* une musique qui m'était désagréable. L'extérieur aussi m'était désagréable. *Tous* les portables me sont désagréables.

— Jobard j'écoute.

— …

— Je termine ici et j'y vais. Et envoyez-moi un putain de médecin, bordel ! La scientifique a fini son boulot et on n'a pas encore constaté le décès !

— …

— Oui ! Un toubib et les pimpons ! Pour rapatrier le corps. Et re oui : elle est morte de chez morte !

Jobard a rempoché son jouet, a grommelé quelques mots inintelligibles, puis il a fait la moue. Je connais mon Jobard comme si on avait fait le pensionnat ensemble. Une toux et une moue aussi rapprochées, cela signifiait qu'il était enquiquiné. Mais enquiquiné par quoi ?

— C'était Waldeck[2]. Je sais pas où ils vont pêcher les nouveaux ces derniers temps, mais c'est pas dans la limite des eaux territoriales. Causent à peine français ! Bref. On a trouvé un autre amoché près des voies à dix kilomètres d'ici. Moribond. Il respire à deux à l'heure, son palpitant peine à palpiter et il va falloir un champion en casse-têtes chinois pour lui remettre les guibolles et les bras dans le bon sens.

— C'est terrible, ces vagues de suicide… La pleine lune peut-être. Ou les grandes marées. C'est où, l'amoché numéro 2 ?

Il m'a expliqué. Ce n'était pas bien loin, en direction de Nantes. Je m'apprêtais à déguerpir quand une question m'est venue :

— Qui est-ce qui a découvert le corps de cette pauvre fille ?

Jobard a haussé les épaules.

— Coup de fil anonyme. Une femme. On a failli ne pas y croire, elle causait bizarre. Mais tu sais ce que c'est : conscience professionnelle, alors j'ai rappliqué.

---

[2] Commissariat central de Nantes.

Jobard aussi causait bizarre, sur ce coup-là. Mais je n'y ai pas assez prêté attention sur le moment. « Conscience professionnelle » ? Et puis quoi encore ? Un Jobard n'a pas de conscience professionnelle.

Ananké et moi avons rejoint Titine, pas mécontents de fuir le spectacle. Mais pour peut-être en découvrir un pire.

Mardi 12 h 50 - Le moribond ressemblait à un Pinocchio…

… assemblé par un Geppetto ayant abusé des liqueurs. Surréaliste. Désarticulé, mais le cœur tentait encore sa chance et les poumons assuraient tant bien que mal leur fonction. Tout le reste, par contre, plaidait en faveur d'une espérance de vie réduite à peau de chagrin.

« On a trouvé un moribond » avait dit Jobard. Le « *on* » était sans doute une « *one* », sorte de harpie sans âge affublée d'un bonnet de racaille et d'un amoncellement de couches de vêtements. Un oignon, avec un vague air de Goth dans Astérix. Elle se tenait là, à se dandiner les bras croisés en contemplant le spectacle de ce corps entre la vie et la mort. De temps à autre, elle hochait la tête, même si on la sentait « ailleurs ». Un gamin d'une dizaine d'années se tenait contre elle, accroché à son semblant de jupe, immobile. Il y a des spectacles qui sont interdits aux moins de dix ans. Celui-là aurait dû être interdit tout court.

Trois gendarmes sur place. Les pompiers. Un médecin agenouillé, arborant une mine de circonstance, l'air de penser qu'il allait y avoir du boulot pour redonner forme humaine à son client, mais aussi que c'était pas Dieu possible de commencer sa semaine avec un tel massacre. Jobard n'avait pas exagéré : Pinocchio allait donner du fil à retordre aux toubibs. Du fil, et des os.

Personne de Waldeck ne s'était dérangé, mais après tout on était en territoire gendarmesque. D'ailleurs, je me demandais ce qui avait conduit Jobard sur les lieux de la première découverte. Coup de fil anonyme ? La campagne, c'est chasse gardée des képis, pas des policiers. Il y avait là, en soi, matière à investiguer. Si Jobard était sur le pont, c'est qu'il avait une bonne raison. Il ne se déplace pas pour des broutilles.

Pour le reste, le décor ressemblait à s'y méprendre au terrain d'atterrissage que l'on venait de visiter quelques minutes plus tôt. Une voie de chemin de fer, une prairie, quelques arbres rabougris, une bicoque à l'horizon, le tout sur un sol détrempé. Un paysage à s'enrhumer rien qu'à le regarder.

Les bleus n'appréciaient pas notre présence :

— Vous êtes de la presse ? Quel journal ? Vous avez une carte ? Mettez-vous plus loin, s'agirait pas de détruire des indices.

— Quat'jeudis.

— Quat'jeudis ?

— C'est le nom du journal. Il sort tous les quatre jeudis.

— Ah oui, les chiens écrasés ! Là, c'est pas un chien, c'est un humain…

— Façon de parler !

Quat'jeudis n'est pas une gazette appréciée par les autorités. Par les « bien pensants », d'une manière générale. Je ne me demande plus pourquoi. Je n'y pourfends police et justice que quand il y a matière à le faire, jamais par esprit mal placé ou quoi que ce soit de personnel, mais quand l'occasion se présente, c'est vrai, je ne mâche pas mes mots. L'occasion se présente souvent. *Quat'jeudis*, c'est l'anti-journal télévisé, un chat est appelé un chat. Sujet, verbe, complément. Quelques adjectifs. On évite les adverbes – mais on s'autorise les grossièretés – et les illustrations ne sont jamais photoshopées. C'est tout ça qu'ils n'aiment pas. Ça, plus ma tendance avérée à mettre les pieds là où ça pique. Quand un flic m'accueille à bras ouverts, il y a fort à parier qu'il n'y a pas grand-chose à glaner. Sauf Jobard, exception qui confirme la règle. Mais lui est ainsi parce qu'il a à y gagner. Il ne s'en cache pas, ce qui me le rend, d'une certaine façon, sympathique.

Ananké prenait cliché sur cliché. Je ne sais plus combien de milliards d'octets il y avait dans son fichu smartphone, mais à coup sûr beaucoup. Elle faisait ça bien, sans se faire remarquer. En vérité, on aurait pu croire qu'elle était en train d'observer, l'appareil placé dans sa main, le bras le long du corps. Elle cliquait au jugé ; elle allait même jusqu'à tourner le dos à la scène qu'elle immortalisait. Ananké immortalisait quelqu'un sur le point d'y passer. L'idée m'a fait sourire ; ce n'était pas le moment, mais ça m'a détendu.

Les gendarmes, eux, étaient nerveux. Il y avait de quoi, c'est humain. Et notre présence les dérangeait, les agaçait.

— Bon, ça suffit maintenant. Vous déguerpissez.

— Pas de problème ! Justement, on comptait s'en aller, on a un déjeuner en amoureux sur les berges de l'Erdre. Dites, vous croyez que c'est lié au macchabée qu'on vient de retrouver un peu plus haut vers Rennes ? Même scène, en bord de rail et tout, sauf que là-bas… il y a mort de femme.

— Un peu plus haut ? Une femme ? Morte ? Mais… Non. C'est quoi cette histoire ?

— Un ici, une là-bas. Drôle de scénario. Vous ne saviez pas ? Dites… Juste une question. Je viens de vous refiler un tuyau, alors échange de bons procédés, hein ? Qui est-ce qui vous a prévenus, pour ce pauvre gars ?

Il a levé les yeux au ciel.

— Qui ? Qui ? Qu'est-ce que j'en sais, moi, qui ? On est en patrouille, on reçoit un appel du brigadier, il nous dit « va là », on y va et basta. Y a des jours, on préférerait que la radio soit en panne. Les trains tombent en panne, les contrôleurs aériens font des grèves, les bagnoles pètent un joint de culasse, les bus n'ont plus de chauffeurs parce qu'ils ont fait valoir leur droit de retrait, même les vélos crèvent un pneu ou se voilent une roue. Les radios de gendarmes, jamais. Ou alors, c'est que c'est soir de match. Putain de métier.

On avait affaire à un militaire motivé.

— Une dernière question et on fiche le camp : il a des papiers sur lui ?

— Rien. Pas de papiers. Pas de portefeuille. Rien de rien, même pas de quoi se payer un café.

— Et votre première impression ? C'est une tentative de suicide, non ?

Cette fois, il a hoché la tête, plissé le front et pincé ses lèvres, comme un maître d'école qui réprimande un élève. Puis il a confirmé qu'il était temps que l'on se replie :

— Je croyais que vous fichiez le camp ? Tentative de suicide ? Mouais… On verra. Mais je n'y crois pas. Allez ouste !

Le camp, cette fois, on a fiché.

Mardi 13 h 05 - De retour dans la 4L…

… en route vers la rue des Vieilles-Douves, Ananké était tout excitée. Elle me bombardait de questions. Un Pearl Harbour à la nantaise :

— Alors ? Un double suicide ? Un double meurtre ?

— À vue de nez, comme ça, je dirais qu'on les a balancés du train. Ou qu'ils ont sauté. Mais ça reste à creuser. Si Pinocchio s'en tire, ce ne sera plus facile pour lui tous les jours. M'est avis qu'il va virer marionnette et qu'il lui faudra quelqu'un pour tirer les ficelles. T'as de bonnes photos ?

— Je n'ai pas encore regardé, mais j'ai l'iPhone dernier modèle.

— Mouais. Fais des sauvegardes quand même. On va articuler là-dessus dans le prochain numéro.

— Articuler… T'as de ces mots. Il sort quand, le prochain numéro ?

— T'as de ces questions… Quatrième jeudi ! Ça nous laisse à peine plus d'une semaine. On a du pain sur la planche, va falloir aiguiser les couteaux.

Coco caquetait, signe de contentement. Cela m'aide à penser tout en m'apaisant, comme pour d'autres le ronronnement d'un chat. À Nantes, les morts violentes ne sont pas si fréquentes. La Loire-Atlantique, ce n'est ni la Seine-Saint-Denis – le « neuf-trois » – ni Marseille. Le taux de suicide est dans la norme nationale. Nantes a ses quartiers chauds, certains dits sensibles, d'autres de non-droit, mais on est loin de Chicago. L'hyper-centre se fait hostile passé une certaine heure, mais qui s'y promène encore ? Les morts violentes ne sont pas si fréquentes, et cela en fait des sujets « intéressants ». La mort, la violence, la délinquance, la criminalité, les catastrophes aussi, qu'elles soient naturelles, accidentelles ou criminelles, tout cela comble notre soif de sensations fortes. Mais sous conditions. On retrouve un cadavre quai de la Fosse ? Cela passionne les foules. Tout le monde s'en fiche quand on découvre le même à Bombay. À moins qu'il soit français. « *Cinq cents morts, dont deux Français, dans un attentat au Yemen…* » Le nombre de chauves parmi les victimes n'est pas indiqué, et c'est dommage : il y en a sans doute plus que de Français. Les esprits ordinaires ne connaissent rien du Yemen, de sa géographie, de son histoire, et encore moins de sa population, mais pointeront du doigt la dangerosité de l'islam. Pourtant, « *cinq cents morts, dont quatre cent quatre-vingt-dix-huit musulmans* » sont à déplorer. L'information, comme le temps – et la pyramide des âges… – est relative.

Ananké m'a sorti de mes sombres pensées :

— Blanc ? Noir ?

— Quoi, « blanc noir » ?

— Le pain. Le pain sur la planche. Blanc ? Noir ? J'ai faim.

Je lui ai tendu mon portable. Pas facile de téléphoner dans de bonnes conditions depuis une 4L. Elle vibre, le moteur se prend pour un réacteur au décollage dès que l'on monte dans les tours, le vent ajoute sa dose de décibels, et puis je n'ai pas remis le ciel de toit. Le ciel de toit, c'est l'espèce de plastique fixé au plafond censé « isoler ». Avec, ce n'est pas terrible, sans, ça devient assourdissant. Mais j'aime les bruits de Titine.

— Pain blanc ou noir ? Tiens ! Prends ce portable au lieu de faire des jeux de mots vaseux. Dans les favoris, il y a un certain Kleen. Appelle-le.

— Cline ? T'écris ça comment ? Et je lui dis quoi ?

— K comme Kiwi, L comme Léon, E comme E, E comme E et N comme N. Dis-lui que tu t'appelles Ananké. Il comprendra.

— Et je lui dis quoi ?

— Demande-lui s'il y a eu du grabuge en gare de Nantes ces dernières vingt-quatre heures. Ou quoi que ce soit d'inhabituel.

Elle a obtempéré. La conversation a duré plusieurs minutes. C'était bon signe, il devait y avoir de la matière, même si Kleen a une propension à livrer ses infos à la petite cuillère. Il est bavard en quantité, moins en qualité. Ananké a fini par raccrocher :

— Hé bé…

— Hé bé quoi ? Il t'a dit quoi ?

Titine est bruyante et Ananké parlait bas, ce qui fait que je n'avais rien suivi de ce qu'elle avait pu échanger avec Kleen. Elle a résumé :

— Vandalisme dans le TER Rennes-Nantes de dix-neuf heures vingt-huit d'hier. Une vitre grave explosée dans la voiture de queue.

— « Grave » explosée ? Nous y voilà… Un bon point pour Kleen.

— Et moi, je n'ai pas droit au bon point ?

— Continue comme ça et tu auras une image. Ou ta bobine en première page.

Elle a fait la grimace. Elle grimaçait bien, ça lui a généré quelques rides sur le front du plus joli effet. C'est beau les belles rides, celles qui se créent chez les gens qui rient et qui pensent. Certaines, et certains, s'enduisent de crèmes miracles censées les rajeunir, c'est tendance. Le « paraître »... Dommage. Les crèmes miracles sont miraculeuses pour ceux qui les vendent. La Française moyenne dépense cent soixante euros par an en produits de « beauté ». Mais soixante-dix-huit en produits d'hygiène. Deux fois plus d'argent pour tenter de se faire belle que pour être propre ! Le Français, lui, est pire : son budget beauté et propreté passe d'abord en astiquage de carrosserie automobile et le temps passé devant un miroir par sa compagne est du même ordre de grandeur que celui qu'il occupe à contempler des balais à chiottes géants en train de lustrer son tacot aux abords des supermarchés. Pauvre de nous.

Ananké n'avait pas besoin de truquer. Elle était parfaite nature.

— Efficace, c'est vrai, ton ami Kleen. Et puis il a une belle voix. C'est d'origine quoi, comme prénom ?

— D'origine ma pomme. J'ai un bac plus cinq, option surnoms. « Kleen », pour « Kleenex ». Il se fait jeter de partout.

— Très drôle. Il se fait vraiment jeter de partout ?

— Presque. Ses collègues et ses amis l'adorent, c'est au niveau de la hiérarchie que ça coince. Kleen, il ne supporte pas qu'on lui dise ce qu'il doit faire. Il le fait à merveille, ce qu'il doit faire, mais il ne faut surtout pas le lui expliquer. Ses chefs n'ont jamais compris ça, alors il collectionne les avertissements et les mutations.

— C'est quoi au juste son métier ?

— Pour l'instant, il supervise les équipes d'entretien des trains en gare de Nantes. Pour l'instant. Kleen, s'il tient plus d'un an au même poste, c'est qu'il est en arrêt-maladie. C'est un mauvais malade, aussi. Il ne supporte pas que les médecins lui fassent des ordonnances.

Kleen, c'est le chic type par excellence. Peut-être trop, c'est ça qui lui nuit. À force de vouloir tout solutionner, on s'attire des problèmes. Problèmes que l'on s'échine à solutionner, ce qui génère de nouveaux problèmes. Une suite sans fin. Kleen, certains l'ont rebaptisé Pad, comme « Pad'bol ». C'est vrai que l'on pourrait croire qu'il attire les emmerdements, mais c'est en réalité l'inverse qui se produit : Kleen n'attire pas les ennuis, c'est *lui* qui va vers les ennuis. Les ennuis se passeraient bien de sa compagnie. Ananké en tout cas se passionne pour le phénomène :

— Dis-moi Kant… Si ce n'est pas indiscret, c'est quoi la contrepartie ? Il te donne des tuyaux, et toi en échange…

— Rien ! Je lui donne aussi, mais pas « en échange ». Kleen, c'est un vieil ami. S'il a besoin de moi, je suis là. Et vice versa. On a fait l'armée ensemble, à l'époque où le service militaire existait encore. Ça laisse des traces. Il a passé deux fois plus longtemps que les autres à la caserne ! Au trou un jour sur deux, le deuxième classe Kleen. Pour insubordination. On l'appelait Trouman ! Tu peux le rappeler ? Je voudrais savoir s'il y a eu des photos de prises de la vitre brisée. Ou sinon, si c'est possible d'en faire. Pour l'article, ça serait un plus. Un article sans photos, c'est comme un dîner sans dessert, les lecteurs restent sur leur faim. Une photo, ça matérialise, ça concrétise. « *Une image vaut mille mots* », c'est Confucius qui a pondu ça. Il avait mille fois raison. Tu peux rappeler Kleen ?

— Pas de souci ! Au contraire. Il a une voix qui… m'excite. Il est marié, ton ami ?

— Divorcé.

— Tant mieux. Un homme libre et qui a de l'expérience, c'est un bon plan. Enfin ça dépend, il faut voir le physique, évidemment. Il ne supportait pas que sa femme lui demande de faire la vaisselle ?

— Il y a de ça. Mais c'est plutôt elle qui ne supportait plus qu'il ne supporte pas. Je t'ai dit : Kleen, il se fait jeter de partout. Question physique, ce n'est pas Apollon, mais il se passe de chirurgie esthétique. Chez lui, le physique s'efface devant le psychologique. Ou plutôt derrière, question de point de vue. Bon, tu l'appelles ou bien ?

Ananké a rappelé et dix minutes plus tard un superbe cliché d'une vitre amochée atterrissait dans ma boîte mail, tandis que nous arrivions en périphérie nord de Nantes. Mon téléphone a émis un long biiiippppp, je l'ai tendu à ma nouvelle collaboratrice :

— Tiens, jette un œil sur ce qui vient de tomber dans ma messagerie. C'est sûrement la photo…

Bingo, c'était la photo.

— Alors, Princesse ?

— Tu t'attendais à quoi ? Une vitre brisée, c'est une vitre brisée !

— Oui, mais il y a brisée et brisée… Alors ?

Elle a soupiré. Marre de moi, déjà ?

— Alors… Ben, ça fait un moche de trou, peut-être quatre-vingts centimètres de diamètre. Avec des bords irréguliers.

Elle avait raison, la bougresse. Une vitre brisée, c'est une vitre brisée. Pas de quoi s'énerver. Et on avait une info d'importance : l'horaire du train. C'était déjà bien. Dans la vie, il faut po-si-ti-ver. J'avais un ami dépressif qui sortait ça pour un oui ou pour un non. Po-si-ti-ver. À force de s'évertuer à po-si-ti-ver, il s'est pendu. C'était triste, bien sûr, mais je n'ai pas pu m'empêcher de penser qu'il avait atteint son but, qu'il avait eu ce qu'il voulait, que sa vie ne ressemblait plus à rien et qu'en finir, au fond, était la bonne solution. J'avais po-si-ti-vé, d'une certaine façon.

— Ananké, il est encore tôt, mais tu as prévu quelque chose ce soir ?

— Une invitation à dîner ? Il faudrait plutôt penser à déjeuner ! L'air de la campagne, ça creuse.

— Coquine ! Pas vraiment une invitation à dîner, mais ça pourrait se faire. Un aller-retour à Rennes en train, voilà ce que je propose. C'est moins romantique, j'avoue.

— Why not… J'adore les escapades à l'improviste. Dis donc, il est chouette ton porte-clés ! J'en ai jamais vu des comme ça, avec la Terre qui pendouille. Il est tout petit ! Y a tous les pays ?

Depuis toujours, je suspends un petit globe terrestre au rétroviseur intérieur. Il est mignon comme tout, en couleur et avec tous les pays, malgré sa taille. Il intrigue à coup sûr ceux qui « visitent » Titine pour la première fois. Une œuvre d'art.

— Ce n'est pas un porte-clés, c'est mon GPS. T'en trouveras pas deux comme ça.

Elle s'est marrée.

— C'est sûr, ça risque pas !

On a roulé quelques minutes en silence, chacun perdu dans ses pensées. Même Coco avait cessé de sautiller. Il y a des scènes qu'on aimerait vite oublier. Là, pourtant, je pressentais que le dossier ne faisait que s'esquisser.

— Ananké ? Tu peux rappeler Kleen ? Demande-lui si le brise-vitre était toujours en place. Il a bien fallu quelque chose pour la mettre en miettes, cette foutue vitre.

— Tu as raison. J'aurais dû penser à lui demander, je suis conne.

— Mais non. Faut pas croire ce que les gens disent…

— Saligaud !

Même pas trois heures qu'on s'était rencontrés et déjà le courant passait entre nous. J'ai souri. Notre binôme était opérationnel. Ananké a rappelé Kleen. Le verdict est tombé : brise-vitre manquant dans le compartiment. L'idée saugrenue que « peut-être » les corps avaient été déposés là pour faire croire au suicide s'est effacée de mon esprit.

Je n'avais plus besoin d'Ananké pour l'après-midi, et du travail m'attendait : finaliser la rédaction des « petits » articles du prochain *Quat'jeudis*, même si je savais que les défenestrés du Rennes-Nantes allaient occuper une belle place dans cette édition-là.

J'ai donné rendez-vous à ma nouvelle associée en gare de Nantes pour seize heures et l'ai déposée place Graslin avant de filer en direction du garage pour remiser Titine, puis aller retrouver le calme de la rue des Vieilles-Douves.

Oui, en si peu de temps, nous formions déjà un beau tandem, et avions amorcé avec efficacité une enquête qui s'annonçait corsée.

Mardi 19 h 28 - On a pris le même train…

… que les défenestrés. Avec très exactement vingt-quatre heures de décalage sur eux. En voiture de queue, comme eux.

À dix-neuf heures vingt-huit, le TER Rennes-Nantes s'ébranlait. J'observais le quai délaissé par les voyageurs. Il ne restait plus à contempler que les publicités. Un film à l'affiche, encore une superproduction américaine où il y a plus d'engins de mort en trente secondes de bande annonce que dans les stocks d'un trafiquant d'armes. Un livre, aussi, faisait le fier derrière le verre. Le petit dernier d'une star de la terreur sur papier, probablement la millième version d'un scénario ayant fait ses preuves : un flic entre deux âges, devenu alcoolique et mis à l'écart suite à la perte – par sa faute – d'un de ses collègues, part à la recherche d'un tueur en série machiavélique qui, au chapitre trente et un, va lui en faire baver en s'attaquant à sa propre ex-femme dont il a divorcé depuis peu mais qu'il aime encore à la folie et avec laquelle il va au final, dans l'incontournable happy-end, se rabibocher. Bref la pub pour un thriller industriel. Et, comme un intrus dans le décor, un panneau vantait les mérites du département de la Vendée, laissant entendre qu'y passer le week-end c'était l'occasion rêvée de rencontrer un beau navigateur solitaire. Dans *Quat'jeudis*, je me refuse à faire de la publicité. Cela m'aiderait, bien sûr, question finances, mais les lecteurs m'en sont reconnaissants : de l'information, rien que de l'information. En revanche, il m'arrive de citer tel ou tel établissement, un bar, un restaurant, une échoppe, un artisan, lorsqu'ils m'ont séduit à l'occasion d'une enquête, ou, moins souvent, lorsqu'ils m'ont déplu. C'est une forme de publicité, mais elle n'est jamais mensongère ; je ne pratique pas l'astérisque.

Le train s'était donc ébranlé et Ananké parcourait son mur Facebook, installée de l'autre côté du couloir. Déjà à l'aller elle n'avait fait que ça. Facebook, ou Twitter, ou je ne sais quel réseau social, je ne connais que ces deux-là. De nom. C'est fou comme les jeunes sont accros au portable. Les jeunes filles à peine pubère ont déjà pour beaucoup d'entre elles la « *phone attitude* ». Déambulant dans les rues ou sur les quais de gare, attendant l'autobus, ou n'importe où, l'anse du sac à main au creux du coude plié, l'avant-bras en avant à quarante-cinq degrés, le smartphone bien en pogne, elles vont leur bonhomme de chemin tels des zombies, attendant LE message qui ne tardera pas, c'est certain, ponctué de « lol », de « mdr » et de smileys tous aussi pitoyables les uns que les autres. Mais Ananké n'avait pas pour l'heure enfreint les commandements. La première journée était loin d'être terminée, cependant.

On s'était assis dans le sens de la marche, chacun dans son coin, comme si on ne se connaissait pas. Dans les trains, quand il y a peu de monde, tout le monde se met dans le sens dans la marche. C'est Freud qui a déc… Non, ce n'est pas Freud qui l'a découvert, bien sûr. C'est juste comme ça.

J'aime voyager en train. J'aime les bruits du train, voir défiler les paysages. Parfois, j'envie les cheminots. Les conducteurs, les contrôleurs, même le personnel du bar dans les TGV. Un parfum d'aventure, un *léger* parfum car ils ont, c'est le cas de le dire, leur train-train, mais au moins ils ne passent pas leurs journées le cul sur une chaise à guetter l'heure de la sortie ou le passage du chef de service. Les conducteurs conduisent, les contrôleurs contrôlent, et le personnel du bar… baratine. Le baratin fait partie du métier de barman, c'est dans l'ordre des choses et c'est très bien ainsi.

Un type en fauteuil roulant, près des portes du milieu de rame, semblait avoir l'esprit voguant dans un ailleurs lointain. Il avait la particularité de voyager dans le sens perpendiculaire à la marche. C'était au moins ça. J'aime observer les gens à la dérobée. J'observe, je traque les détails qui révèlent. Je suppute. Ça occupe. Ce type, qu'est-ce qu'il faisait dans la vie ? Pour quelle raison était-il dans un train qui arriverait après vingt heures à Nantes ? Plus indiscret : qu'est-ce qui dans sa vie l'avait conduit au fauteuil ? Accident ? On parle toujours du nombre de morts sur les routes, mais pour un décédé combien d'invalides à perpétuité ?

Je l'ai surnommé l'« Homme de fer », en souvenir d'une vieille série télé ; je l'imaginais en bon et honnête citoyen, la quarantaine, galérant deux cents et quelques jours par an pour aller travailler à Rennes. Ou rentier de l'immobilier, ne voyageant que pour constater les dégâts causés par des locataires indélicats ou tenter d'expulser des mauvais payeurs. Ou encore déclaré invalide, vivant chichement d'allocations, et rentrant d'une visite à un vieil ami. Allez savoir ce qui se cache derrière le visage impassible des passagers d'un train du soir. Il paraissait fatigué, ou préoccupé, ou nerveux. Ou triste. Ou peut-être dans son état normal, il y a des gens qui ont en permanence l'air d'avoir des soucis.

J'ai envoyé un texto à Ananké. Les quelques centaines d'octets parcoururent l'espace entre mon siège et le relais le plus proche, allèrent se promener sur des serveurs informatiques situés je ne sais où, peut-être à l'autre bout de la planète, puis vinrent atterrir sous forme de mots sur l'écran d'Ananké une poignée de millisecondes plus tard. Un texto moyen « coûte » deux milligrammes de CO_2. En téléphonant une minute, on passe à plus de cinquante grammes et l'industrie des télécoms en rejette davantage que l'aviation civile. Bigre. Téléphoner est une activité humaine polluante, pour la planète mais *aussi* pour les conduits auditifs des personnes situées à proximité. Il faut y penser. J'ai donc, indécrottable écolo que je suis, textoté à ma partenaire :

— Va voir Deux-roues. Le mec en fauteuil. Tire-lui les vers du nez.

— Quels vers ? lol

— Pas les solitaires. Pas le genre poème non plus. Savoir s'il était dans le même train hier. Une idée comme ça.

— Pigé. C'est pas bête.

La chance n'existe pas, comme on l'entend souvent dire. Le hasard, oui. La chance revient à celles et ceux qui savent tirer profit du hasard, ce qui fit tenir à Milton Berle le raisonnement suivant : « *Si la chance ne frappe pas à ta porte, fabrique une porte.* » Pragmatisme. En l'occurrence mon cortex avait réagi à un détail quelques minutes plus tôt. Un type que les contrôleurs saluent par une tape sur l'épaule, qui ne prend pas la peine d'exhiber son titre de transport, c'est un habitué de la ligne. Et un habitué de la ligne, il a peut-être vu, entendu, senti quelque chose avant que Pinocchio et sa compagne fassent le grand saut.

Ananké s'est levée et s'en est allée faire mine d'observer le plan du trajet, l'air de quelqu'un qui s'inquiète sur son itinéraire. Elle a engagé la conversation avec l'Homme de fer. Ils se sont entretenus pendant une bonne dizaine de minutes. Il n'y a pas à dire, une étudiante en communication, ça en connaît un rayon pour ce qui est de communiquer. Moindre des choses. Elle est revenue s'installer sur son siège, a repris son smartphone et s'est mise à pianoter. Une minute à attendre et le mien vibrait.

« *S'appelle Maximilien. Il prend ce train tous les jours de la semaine. Pas osé lui demander s'il avait remarqué quelque chose hier. Mais il monte toujours dans le dernier wagon. Alors… Il a pu être témoin. Me fait l'impression d'un brave type. Genre stressé quand même. Il a une bombe lacrymo dans la poche droite de sa veste. Pas d'alliance. Des verres de lunettes épais comme des hublots de paquebot. Cicatrice moche sur le menton. Voix limite castrat. J'aurai droit à une prime pour tout ça ?* »

J'ai textoté à mon tour.

« *Prends-le en photo. Sans te faire remarquer.* »

La réponse a fusé :

« *C'est déjà fait. Tu me prends pour une blonde ?* »

J'ai pensé très fort : mais non ma caille, moi, tu sais, je préfère les brunes aux rousses, les rousses aux blondes, les blondes aux grises et les grises aux chauves. Mais c'était trop long à taper et il était encore tôt pour l'appeler ma caille. Et puis ce n'est pas vrai, je n'ai aucun préjugé capillaire. En quoi la couleur des cheveux changerait quoi que ce soit aux sentiments ? En quoi cela changerait quoi que ce soit à quoi que ce soit ? Alors, je n'ai rien répondu.

J'ai réfléchi.

Il prend ce train tous les jours de la semaine. Cela signifiait… Cela signifiait que l'on tenait peut-être là un témoin. J'ai observé les autres passagers. Une dizaine au total dans le wagon. Combien parmi eux étaient présents la veille au soir, dans ce même train ? Les habitués d'une ligne s'installent souvent à la même place, dans le même wagon. Quand ils le peuvent. Mais si la veille, dans ce wagon, il s'est passé des choses terribles… Je crois qu'un habitué changerait ses habitudes. Sauf un type en fauteuil. Parce que le wagon de queue est le plus accessible aux personnes en fauteuil.

Oui, ce Maximilien faisait un très possible témoin. Un très providentiel témoin. J'ai pensé me lever, aller le questionner, mais je me suis ravisé. Trop tôt. Et de deux choses l'une : ou bien il avait été témoin et je saurais le retrouver, ou bien il ne l'avait pas été et il ne servait à rien de me précipiter. Non, il valait mieux patienter un peu, attendre d'en savoir davantage sur ces deux malheureux.

À l'arrivée en gare de Nantes, Ananké a aidé Maximilien à descendre du train. Nous avions eu une longue journée, nous nous sommes séparés là, sur le quai.

Mercredi 8 h - Jobard m'a dérangé...

… dans mon sommeil à pas d'heure le lendemain matin. Pour faire le point.

Jobard se lève tôt. C'est là son moindre défaut. Il fait partie de cette variété de l'espèce humaine qui n'a pas d'horaires, pas de jour de repos, pas de vacances. Jobard est ancré dans son boulot telle l'épée du roi Arthur dans son roc. Il se fiche comme de l'an quarante de faire suer son monde pourvu qu'il y trouve son compte. Un psychologue dirait que Jobard est égoïste. Ou égotiste, égocentrique, ou je-ne-sais-quoi-en-iste-ou-ique. Les psys usent et abusent d'un vocabulaire compliqué pour mieux brouiller les pistes, comme tous les spécialistes, mais je les soupçonne d'être eux-mêmes un tantinet psychotiques. Que Jobard soit égoïste, c'est en grande partie vrai et nul besoin d'avoir abusé des bancs de la faculté pour le diagnostiquer, pourtant il a pris la peine de m'informer alors que je ne lui avais rien demandé. Malgré les brumes qui ne s'étaient pas encore dissipées dans mon cerveau mal réveillé, j'ai noté le fait.

— Allô Kant ? C'est Jobard. Je te rappelle pour les suicidés d'hier. On a l'identité du mec du Rennes-Nantes. Reconnu par son frère grâce à la photo dans le journal. Un coup de bol qu'il lise le canard.

— Alors ?

— Le frère s'appelle Patrick Bourdon. Il est chauffeur de bus à la TAN[3].

— On s'en fout du frère. Pinocchio, c'est qui, c'est quoi ?

— Si ton Pinocchio est bien le type dont je te parle, pour l'instant c'est un légume. Coma. Dans un sens il vaut mieux. Il a un nom, ce légume. Jérôme Bourdon. Vingt-neuf ans, animateur dans des centres pour jeunes en difficulté, autrement dit fouteur de merde. Jusqu'alors en recherche d'emploi et désormais en recherche d'espérance de vie. Je n'en sais pas plus pour l'instant.

— Bourdon. Jérôme Bourdon. Enregistré. Et la fille ?

— Rien pour le moment. Faut être patient. Il n'y a pas eu de photo d'elle dans les canards, mais maintenant qu'on connaît l'identité du gars, on ne va peut-être pas tarder à apprendre qui elle est. Bourdon frère a promis de passer me voir à la fin de son service, vers quinze heures trente. Je te ferai signe dès que j'ai du neuf. Ciao.

J'aurais aimé lui poser une question, mais il avait déjà raccroché. D'habitude, Jobard est avare de révélations. Il les crache au compte-goutte, avec à chaque fois une contrepartie. Là, il bavait. S'il bavait, c'est qu'il avait une idée derrière la tête. Une idée tordue, comme le bonhomme. Mais pour l'heure ça faisait mon affaire parce qu'en dehors d'une vague histoire de dessous de table et d'une disparition qui n'en était pas une, je n'avais pas grand-chose de croustillant à fourrer dans le prochain *Quat'jeudis*. Cela dit, j'aurais aimé qu'il me laisse le temps de lui demander s'il était au courant, pour la vitre brisée. Pourquoi était-il à la fois si pressé de m'informer et si prompt à raccrocher ?

Un texto à Ananké pour lui demander de rappliquer dare-dare et je composai le numéro de Bignon, une vieille connaissance à la TAN qui finissait sa carrière à la « régul' », comme ils disent.

— Bignon ? C'est Kant. Tout roule ?

---

[3] Transports en commun de l'agglomération nantaise.

Jeu de mots douteux et éculé, mais il était tôt et je n'avais pas encore englouti mes trois bols de café.

— Dis-moi Bignon, un certain Bourdon, *Patrick* Bourdon, tu situes ?

— …

— Rien. Je veux juste savoir s'il circule aujourd'hui, sur quelle ligne, et où et quand il prend sa pause casse-croûte.

— …

— Grouille-toi, j'ai du lait sur le gaz.

Bignon s'est grouillé. À la régul', il se fait suer sept heures par jour devant un micro, les oreilles enserrées dans des écouteurs crados, paré à diffuser les messages qu'il faut en cas de bouchon, d'accident, ou chaque fois qu'on l'informe de quoi que ce soit de nature à gêner le bon acheminement des usagers. Grâce à Bignon, le moindre événement perturbant le trafic et survenant dans les transports en commun de l'agglomération peut m'être remonté en quasi temps réel. Une mine d'informations ! Mais ce n'est pas là, à mes yeux, la principale qualité du personnage. Lui et son épouse ont une passion : les faits divers. Chaque jour, depuis des années, ils épluchent les quotidiens et traquent jusqu'à la moindre broutille susceptible d'alimenter leur base de données ; un gigantesque fichier de je ne sais combien de dizaines de milliers d'enregistrements : synthèse et description détaillée du fait divers, avec classification par genre, nom des personnes en cause, lieux, dates, liens avec d'autres enregistrements, etc. C'est illégal : leur base, enregistrée sur ordinateur personnel et sauvegardée tous les soirs, contient des informations précises sur des individus, comme par exemple leur adresse, leurs lieu et date de naissance, leur profession et ainsi de suite, le tout non déclaré à la CNIL, la Commission Nationale Informatique et Liberté. Et ça, ne pas déclarer, c'est hors-la-loi. Mais bon, pas de quoi fouetter un chat, ce n'est pour eux qu'un passe-temps, une sorte de collection, comme d'autres accumulent les bouchons de champagne, les timbres ou les dessous de stars. Un vrai toc, telle une drogue dont ils ne peuvent se passer, et qui n'a pas d'autre utilité que profiter du temps à tuer. Pour eux, parce que plus d'une fois cette base m'a rendu service par le passé.

— Alors Bignon, tu as l'info ? La pause casse-croûte de Patrick Bourdon ?

— …

— Merci, Bignon ! Je te revaudrai ça, comme d'habitude.

Bon, j'avais mes informations. Bourdon frère faisait son arrêt gamelle en fin de matinée à La Beaujoire, terminus du tram. On irait, Ananké et moi, lui rendre une petite visite là-bas.

Plusieurs questions continuaient à me trotter dans la cervelle. Que fichait Jobard sur les lieux où l'on avait trouvé la fille ? Qui l'avait prévenu ? Pourquoi lui et pas les gendarmes ? À l'inverse, pour Bourdon, pourquoi les gendarmes et pas lui ? Pourquoi cette volonté inhabituelle de me mettre sur le coup aussi vite ? Pourquoi cet empressement à qualifier de suicide ce qui ressemblait davantage à un meurtre ? Mystères. J'aime ça, les mystères.

Trois bons bols de café agrémentés de biscottes beurre salé confiture de coing, une banane, deux petits suisses et j'appelais Ananké pour lui fixer rendez-vous à la Beaujoire vers onze heures trente au lieu de se pointer rue des Vieilles-Douves. J'avais deux heures devant moi pour me faire beau, cogiter et m'occuper de Coco. Ce n'est pas gros, un coq de combat nain, mais ça demande de l'entretien. Il faut lui accorder de l'attention, le nourrir, le laver, nettoyer les saletés qu'il répand partout, aérer la pièce faute de quoi on s'expose à l'emphysème ou je ne sais quelle saloperie. Lui parler. Lui faire faire de l'exercice, aussi, sinon il s'empâte. J'ai renoncé à le sortir en laisse, ça fait jaser. Alors, on joue à je t'attrape tu m'attrapes, comme les gamins dans le temps jouaient à chat. À ce petit jeu-là, je gagne à tous les coups. Il suffit de feinter, de faire mine de plonger, d'attendre que Coco se déporte et hop ! je lui tombe sur le râble. Depuis le temps qu'on fait ça, il n'a toujours pas pigé la feinte. Ce n'est pas malin, un coq de combat nain.

Une fois repu, douché, habillé, et après avoir dégourdi les ergots de Coco, je suis sorti acheter les journaux. Les locaux. Je prends soin de lire la concurrence chaque matin. Comme me l'avait indiqué Jobard, je trouvai un entrefilet et une photo de Bourdon en énième page. « *Double suicide entre Rennes et Nantes* ». Tu parles... « *On ignore encore l'identité des deux personnes qui ont voulu mettre fin à leurs jours, vraisemblablement dans la soirée de lundi...* » « *Suicides sur les rails : un homme entre la vie et la mort – Sa présumée compagne n'aurait pas survécu.* » J'imagine la réaction des familles, des amis, des proches, en découvrant un article pareil, en reconnaissant l'être cher dans le journal. Le lendemain, après qu'ils auront eu connaissance de ces identités, les mêmes journaux allaient parler de « *drame de la précarité* » ou je ne sais quelle raison plus ou moins imaginée. Ils n'avaient, ni l'un ni l'autre, de papiers sur eux. Pas de papiers, pas de moyens de paiement. Pas de sous-vêtements pour la jeune femme. Si les policiers et les gendarmes le leur avaient indiqué, les journaux en auraient parlé. Un journaliste ne passe pas à côté de ce genre d'information. Double suicide ? Non. Non, non et encore non. Mais ce non ne reposait pour l'heure que sur mon intime conviction.

À onze heures vingt, je descendais du tram à la Beaujoire. Ananké était déjà là, habillée en soldat. Cette fille a des fringues... j'ai pensé, sans trouver l'adjectif qui collait. Pantalon kaki, deux tailles en trop, donc bretelles ; veste assortie munie d'un nombre incalculable de poches, casquette vissée sur le crâne et lunettes noires. Ne manquaient plus que la Kalachnikov et le ceinturon de munitions. Elle aurait presque fait peur, si elle n'avait commis une faute de goût en chaussant des baskets roses.

— Salut Kant, bien dormi ?

Qu'est-ce que ça pouvait lui faire, si j'avais bien dormi ?

— Sur le ventre. Et toi ?

— Sur le dos.

— Formidable. On ferait un beau couple.

— Ne rêve pas.

— Je ne rêve pas, je mentalise. Et rassure-toi, je n'ai pas l'intention de jouer à papa maman avec une bidasse.

On était en avance. On s'est assis sur un banc, avec le stade en arrière-plan. La Beaujoire, lieu de rendez-vous des footeux de la région. Lieu de déculottées mémorables, mais aussi d'espoirs touchants quand l'obscure équipe de Carquefou, petite ville sans histoires de la périphérie nantaise, jusqu'alors reléguée aux fins fonds du classement de Nationale 2, avait défié les « grands » jusqu'en demi-finale de coupe de France. Dans *Quat'jeudis*, j'avais articulé en page 7 sur le sujet. Avec un titre qui avait fait couler de l'encre et de la salive : *Allez Carquefoute !* C'est vrai, c'était vaseux comme amorce, et l'article était assez cruel envers les supporters. Je n'ai jamais supporté les supporters. D'un point de vue commercial, cet article était une catastrophe, parce que la proportion de supporters footeux dans la population est considérable, mais j'assume mes défauts : il m'était difficile de ne pas causer de l'« événement » et impossible de camoufler mon incurable – et inexcusable – aversion pour cette catégorie de citoyens dont l'horizon culturel ne dépasse pas les portes du stade ou du petit écran.

Ananké se fichait du foot, des footeux, et des classements. Ma vie privée, par contre, la titillait, et il fallait faire passer le temps :

— Dis, Kant, tu as… une petite amie ? Elle dort sur le dos ?

— Pfff… Question indiscrète, non ? *J'avais* une petite amie. J'ai eu beaucoup de petites amies. Mais ça n'a jamais dépassé le stade petite amie. Je fais fuir les petites amies, il faut croire.

— Toi ? J'y crois pas. Tu as le charme des vieux encore jeunes. Tu as quel âge ?

— Depuis que j'ai passé les quarante, je redouble à chaque anniversaire. Années médiocres, trop de bêtises, manque d'assiduité, je ne sais pas, alors je m'y recolle : je redouble.

— Pratique, pour les bougies. Et… ta dernière petite amie… elle était comment ? Elle s'appelait comment ? Elle était très belle, hein ?

Fallait-il dire la vérité à Ananké ? J'ai jugé que oui. Et aussi que non.

— Elle s'appelait Mobylette. Un surnom. Elle était plutôt quelconque, si tu veux tout savoir, mais elle avait bon fond. Et question n'golo n'golo, elle en connaissait un rayon. Un vrai deux-temps.

— Mobylette ? Comme une mobylette ? C'est quand, la saint Mobylette ?

— Pas de quoi en faire une sainte. Son vrai prénom, c'était Angéline. Mais Mobylette, ça la résumait mieux. Tu sais quoi ? Quand elle est partie – elle ne supportait plus Coco, qu'elle a dit, mais c'était un prétexte – ça a été pour se marier avec un avaleur de sabres. On est restés bons amis, je suis allé à la cérémonie. Un de mes meilleurs articles dans *Quat'jeudis*. Les amis du mari, ils étaient du même acabit que lui. Des cracheurs de feu, des clowns, des acrobates, et un magicien. Putain ! Lui, il te faisait des tours, c'était plus du passe-passe, c'était… J'ai perdu dix boules dans l'affaire, mais je ne regrette pas. Depuis qu'il m'a escamoté mon billet en se le fourrant dans le pif, j'essaye de faire pareil. Pas moyen. C'est des gens, ça, les magiciens, ils ont un truc dans le sang que nous autres n'avons pas. Toujours imités, jamais égalés.

— C'est pour ce genre de rencontre que je rêve de devenir journaliste.

— Rêve, rêve… Il y a beaucoup de jeunes qui font le même rêve, et quand ils débarquent pour de bon dans une rédaction ils tombent des nues. Journaliste, c'est pas un métier, c'est un sacerdoce. Tu entres dans ce milieu, t'es fichue, fini les week-ends en amoureux, adieu les soirées au coin du feu !

— Vieux grincheux !

À peine vingt-quatre heures qu'on se connaissait, et elle me traitait déjà de tous les noms. Je ne suis pas grincheux ! Ni vieux. Mais ce « vieux grincheux » me plaisait, il était affectueux, et la propension à grincher cache parfois un optimisme à tout crin.

À onze heures vingt-neuf, le tram piloté par légume frère s'est immobilisé. Le conducteur est sorti, on s'est approchés.

— Monsieur Bourdon ?

— Oui ?

— Quentin Dickens. Nous sommes journalistes. *Quat'jeudis.* Vous auriez quelques instants pour...

Il a eu un mouvement de recul. Puis il a froncé les sourcils. On se serait présentés comme Témoins de Jéhovah, il aurait réagi de la même façon.

— Au sujet du frangin ? Vous croyez que j'ai le cœur à...

— C'est important. Votre frère est entre de bonnes mains, mais... Voilà : une autre personne a eu des soucis hier. Ananké, tu montres une photo ?

Elle a sorti son téléphone, pressé quelques touches, puis tendu l'appareil vers le frère. Magie des portables. Il faut reconnaître, ces engins ont du bon.

Il a regardé le cliché. Longtemps.

— Merde. Merde ! C'est... C'est Clara. Est-ce qu'elle est... ?

J'ai fait oui de la tête :

— Morte. Sur le coup, c'est déjà ça.

Je n'en savais rien, mais il y a des situations où le mensonge est une bonne action.

— Les flics ne vous ont rien dit ?

— Non. Un policier m'a expliqué que le frangin était mal en point. Je passerai le voir ce soir, le policier m'a dit que ça ne servait à rien de se précipiter. Il est dans le coma. Mais il n'a rien dit sur Clara ! Vous...

Il y a des situations où le mensonge est une bonne action, mais mentir par omission sur le décès de quelqu'un, ce n'est pas joli joli.

— Elle a un nom de famille, Clara ? Histoire de prévenir les parents.

— C'est aux flics de le faire, non ? Les journalistes...

Il avait raison. Prévenir les familles, quelle corvée ! Même un Jobard doit y aller à reculons.

— Parfois, les enquêtes des journalistes sont mieux menées que celles des policiers et des gendarmes. Parfois... C'est pas loin d'être le cas, parce que les flics ne savent pas encore qui elle est. Si on pouvait rencontrer les parents de cette fille, ça nous aiderait. La police pense à un suicide, pour votre frère et pour Clara. Nous non. Alors... Votre frère, vous l'imaginez suicidaire ?

Il a haussé les épaules.

— Jamais de la vie. Impossible. À moins d'un coup de folie...

— Vous voyez ! Clara... Vous savez comment elle s'appelait ? Son nom de famille ?

— Non. Pas la moindre idée. Pour moi, c'est Clara. Clara, point. Je ne sais pas grand-chose sur elle. À part qu'elle est... était... une chic nana. Il faut que je vous laisse. À peine le temps de casser la croûte avant de repartir. *Quat'jeudis*, vous dites ? On trouve ça dans les maisons de la presse ?

— Eh oui ! Le prochain sort la semaine prochaine. Achetez-le, c'est pas cher et on y causera de l'affaire. Bon, allez, bon appétit ! Et... merci.

Bourdon s'en est allé. Il en avait gros sur la patate, il faut comprendre. La récolte était maigre. Un prénom. Clara. À ce niveau de mon enquête, plusieurs portes restaient à ouvrir. La première dans l'ordre des possibilités de glaner de l'info, c'étaient les parents de mon Pinocchio. J'ai hélé Bourdon frère avant qu'il ne disparaisse :

— Dites... J'aimerais rencontrer vos parents. Je sais que c'est un moment difficile mais... c'est important. Vous pouvez me donner leur adresse ?

Il a hésité quelques secondes.

— Bah ! Vous trouveriez de toute façon. Alors voilà : ils habitent au...

J'ai noté l'adresse. Et lui ai envoyé un clin d'œil de remerciement.

52

Mercredi 16 h 00 - Monsieur et madame Bourdon ont un fils...

… du moins ils y croyaient encore.

Ananké et moi étions venus en transports en commun. Le tramway, il n'y a que ça de vrai. Titine avait ses « vapeurs », et puis on a beau dire, le tram ou le bus, en ville, c'est rapide, pratique, écologique et meilleur pour les nerfs que les aléas de la circulation. Titine, je me plais à croire qu'elle apprécie la nature, les paysages. La campagne, quoi. Les particules fines de ses consœurs lui irritent le filtre à air. J'imagine parfois que Titine a une conscience, une personnalité, et ce ne sont pas celles d'une citadine. Je sais que c'est idiot, mais à chacun ses défauts.

Ça sent la France d'en bas, dans le quartier des Bourdon. Pas de « tout en bas », mais sur la pente qui y mène. L'immeuble n'est pas vilain, il est même ravalé de frais et agrémenté dans sa partie arrière d'un carré de verdure muni d'un enclos pour les enfants, avec balançoire, bac à sable, tourniquet et truc à singes. Devant, un alignement quasi ininterrompu de voitures, au moins quinze ans de moyenne d'âge, qui attestent par leur seule présence à cette heure de la journée que les habitants des lieux travaillent dans le coin et s'y rendent à pied, ou pointent à Pôle Emploi. À moins que comme nous, ils n'utilisent les transports en commun.

Nous nous sommes avancés sans rencontrer âme qui vive. Normal, j'ai pensé, pour une cité qui n'en a pas. Sur le palier du rez-de-chaussée, un panneau d'affichage avait bénéficié de l'œuvre d'un artiste de *street art*, ou plutôt de *stairs art* ; un « *Mako on t'ancule !* » à l'encre verte était assorti d'une illustration de pénis, de taille modeste mais d'une vigueur certaine puisque son extrémité propulsait une série de gouttelettes dont la dernière venait former le point du « ! » Un embryon de bande dessinée en hommage à ce bienaimé Mako, qu'Ananké a pris soin de photographier. Bonne idée.

Les parents de Patrick Bourdon nous ont ouvert leur porte au troisième coup de sonnette. Ils ressemblent à monsieur et madame tout le monde, monsieur et madame Bourdon. Ou presque. La petite soixantaine. Monsieur est chauve et abonné à l'Humanité. Madame a le cheveu gris, court et bouclé, et elle préfère Télé 7 jours et les mots fléchés. Leur fils aîné, Patrick, leur avait appris le matin même que leur fils cadet, Jérôme, était à l'hôpital dans un état… incertain. Ils ne pourraient aller le voir et s'entretenir avec le médecin que le lendemain, mais déjà ils se préparaient une nuit blanche. Madame avait pleuré, cela se voyait, et monsieur était abattu, cela se constatait.

Ils ne pouvaient pas se rendre auprès de Jérôme tout de suite parce qu'ils devaient garder la loge, et l'immeuble qui va avec. Ils sont concierges. Gardiens. Par les temps qui courent, il ne fait pas bon s'absenter du boulot sans excuse valable, et ils m'ont confié qu'un fils dans le coaltar profond, ce n'était pas une excuse valable pour l'organisme HLM qui avait la bonté de les employer. Il y a des patrons, parfois, on se demande…

Malgré leur chagrin, malgré leur détresse, ils nous ont fait entrer. Je nous ai présentés comme venant de *Quat'jeudis*, et pour monsieur Bourdon c'était un sésame.

— Je ne suis pas abonné, parce que je préfère aller à la maison de la presse, mais je ne loupe pas un numéro. Les autres journaux, ils sont aux ordres, hein ?

J'ai opiné. Aux ordres de qui ou de quoi, je ne savais pas, mais opiner m'avait semblé être une manière commode de l'amadouer.

— Pour le fils, vous croyez qu'il va s'en sortir ?

Madame Bourdon est partie en sanglots. Des sanglots silencieux, profonds, longs. J'ai fait mine de dire que je ne savais pas. Je ne suis pas médecin. Mais nul besoin de connaître le Vidal par cœur pour avoir eu quelques doutes sur l'avenir de leur progéniture.

— La… médecine fait des prouesses, de nos jours.

J'avais failli dire « chirurgie », mais je me suis rattrapé à temps. Nous avons échangé quelques banalités, puis j'ai extrais de ma poche la meilleure photo qu'Ananké avait prise du visage de la fille. Elle n'y avait presque pas l'air morte. J'ai tendu le cliché au père Bourdon.

— Elle accompagnait peut-être votre fils. Vous la reconnaissez ?

La réponse était oui, à en juger par l'expression de son visage.

— Elle est… Elle est… morte ?

J'ai acquiescé. La mort est une cochonnerie. Une cochonnerie nécessaire, mais une cochonnerie quand même. On la tolère en temps de guerre, pour les très vieux, les salopards et les grabataires. « *Oh, vous savez, il n'avait plus toute sa tête. Il était temps qu'il parte, et puis, il a eu une belle mort…* » Car il y a des belles morts et des morts sales. Pour les autres… parce que pour soi on n'y pense pas. C'est vrai, rares sont ceux qui envisagent leur mort de leur vivant, comme cet original qui aurait fait graver un « *Quand je vous disais que je n'allais pas bien…* » en guise d'épitaphe sur sa pierre tombale. Comme quoi on peut rire de la mort, même de la sienne. On peut aussi mourir de rire, dit l'expression, mais pour l'heure ce n'était pas de circonstance.

Monsieur Bourdon a glissé la photo entre les mains de son épouse.

— Marie… C'est Clara. Elle est…

Cette fois, les sanglots de madame Bourdon ont viré au gémissement. Elle n'a regardé l'image qu'une fraction de seconde avant de se prendre la tête entre les mains. Je me suis tu. Envie de poser mille questions, mais il y a des moments où ce n'est pas le moment. Le père est venu en quelque sorte à ma rescousse :

— Qu'est-ce qui s'est passé ? Vous savez ce qui s'est passé ?

Il confirmait ce que j'avais pressenti.

— La police ne vous a rien dit ?

Il m'a semblé surpris.

— La police ? Pourquoi la police ?

Jobard ne s'était pas donné la peine de contacter les parents. Moi oui, les parents non. Invraisemblable négligence. C'est le frère qui les avait mis au courant. Une bizarrerie de plus à l'actif du lieutenant. J'ai tenté de justifier :

— Ils contactent la famille, dans ces cas-là. Mais ils ont dû penser qu'il était préférable d'informer votre autre fils en premier. Cette… Clara, vous la connaissiez bien ?

— Depuis des années ! Jérôme et elle ne sont pas mariés, mais c'est tout comme. Au point qu'on pensait souvent à de futurs petits-enfants. Et maintenant…

— Vous pouvez me donner son nom de famille ? Je voudrais m'assurer que ses parents… Je veux dire : qu'ils sont bien au courant.

— Vous allez en causer dans le journal, hein ? Remarquez, j'ai rien contre. Pas Marie qu'on n'a rien contre ?

Son épouse a fait « oui » de la tête. Elle n'était ni pour ni contre ; le journal, pour l'instant, c'était le cadet de ses soucis.

— Elle s'appelle Boudringhin. Clara Boudringhin. Ses parents habitent dans le centre, je ne connais pas l'adresse mais vous les trouverez facilement dans l'annuaire.

J'ai noté.

— Merci. Une dernière question : vous savez pourquoi Jérôme et Clara sont allés à Rennes ?

— Oui. Jérôme avait un entretien. Pour du travail. Et puis ils sont sans doute passés voir Jean-Pierre et Emna. Des amis de longue date, qui tiennent un bar-librairie, dans le quartier de la gare. Le *Page Zinc*.

— Vous savez si l'entretien s'est bien passé ?

— Non. Jérôme n'a pas appelé. C'est mauvais signe. Des entretiens comme ça, il en a passé des dizaines. À chaque fois, aucun résultat… Il y allait parce qu'il faut bien, mais dans sa branche, le boulot c'est plus ça. Longtemps qu'elle est sciée, sa branche. Maintenant, si on n'est pas docteur en je sais pas quoi ou fils à papa, c'est le RSA. Un CDD par ci par-là, des petits boulots… mais du stable ça court pas les rues.

— Jean-Pierre et Emma, vous dites ?

— Non, pas « Emma ». Emna, avec un « n ».

— Emna… Jamais entendu ce nom-là. C'est de quelle origine ?

— Je crois qu'elle vient d'Iran. Du moins ses parents, elle a dû arriver en France étant bébé. Ou naître ici je suis pas sûr. Elle est française, toujours. Pourquoi ?

— Comme ça.

On s'est éclipsés après les politesses d'usage.

Arrivés sur le trottoir, j'avais déjà établi un plan de bataille.

— Ananké, tu te débrouilles pour localiser les parents de Clara, moi je file à Rennes prendre une mousse au *Page Zinc* et tailler le bout de gras avec Jean-Pierre et Emna. Pendant ce temps-là, tu localises les parents *et* tu leur rends une petite visite. On fait comme ça ?

— On fait comme ça. J'espère qu'ils sont déjà au parfum, pour leur fille, parce que…

— Je ne voudrais pas t'inquiéter, mais à mon avis ils ne le sont pas encore. Jobard est un peu beaucoup… en retard dans cette histoire.

Mercredi 19 h - Nantes n'a pas le monopole des bars…

… il y en a de très bien à Rennes aussi. Partout en France, en réalité. Dans le métier de gazetier, le café est une sorte de succursale, une annexe du bureau principal démultipliée quasiment à l'infini, un lieu où l'on peut joindre l'utile à l'agréable. Au fond, les journaleux et les bistrotiers ont ceci en commun qu'ils sont des courroies de transmission de l'information. Rien de tel qu'un bistrot pour prendre la température d'un quartier ; ils ont tous leur lot d'habitués prompts à livrer, pour peu que l'on sache les amadouer, les derniers potins, les rumeurs, les on-dit, avec parfois, parmi le fatras, LE détail qui transformera une banale info en scoop, celui qui fera sonner « vrai ».

Nantes – Rennes, mieux vaut prendre le train. Titine est vaillante pour ce genre de trajet, mais la météo était fâchée et il faisait un temps de mousson, alors elle est restée au garage. Le garage… J'y remise Titine, mais aussi ma collection de numéros de *Quat'jeudis*. Ça fait une sacrée pile. Le numéro 1, j'en ai plastifié chaque page, puis les ai encadrées et fixées au mur. Pas que j'en sois fier, la une titrait « *Quat'jeudis – La gazette qui sourit* », une erreur de jeunesse, mais la nostalgie… Ce garage, je l'ai acheté au début des années deux mille. Un bon placement. Dans l'hyper-centre de Nantes, un garage en sous-sol peut valoir un studio en banlieue. Manquerait plus que je devienne capitaliste, un bourgeois éhonté, un nanti ! Je vais me surveiller. Il paraît que de plus en plus de gens vivent dans des boxes. Il faudra que j'enquête là-dessus, un jour. Un jour… parce que ce ne sont pas les sujets glauques qui manquent. Les vieux disent que c'était pire avant. Ou que c'était mieux, ça dépend.

Toujours est-il que je suis arrivé à Rennes en deux temps trois mouvements, dans le temps il en aurait été autrement. Les trains, à part les grèves, les incidents de personnes, les chutes d'arbres sur la voie, les rails qui se dilatent en été, se contractent en hiver, patinent sur les feuilles l'automne et les inéluctables pannes diverses, c'est réglo. Je « kiffe » la SNCF, malgré les avanies, les avaries, les petits soucis. Je suis un inconditionnel du service public. Sauf, bien sûr, quand je dois faire la queue, mon petit numéro à la main. C'est terrible, ça, de faire la queue avec un petit numéro à la main. Les gens devant nous sont toujours plus lents que nous, ont toujours plus de problèmes que nous, c'est une loi universelle. Quand je dois faire la queue, je hais le service public. Je redeviens fan quand je ressors avec tout ce qu'il faut qui va bien, soulagé, rassuré, compatissant pour les « autres », ceux qui attendent encore, et qui seront lents, et qui auront des problèmes, et qui…

Peu importe et passons, j'avais une affaire sur le feu. Le *Page zinc* est situé dans une ruelle, à deux pas de l'Ille. Joli quartier, belles pierres et rues pavées, s'il n'y avait pas eu cette pluie je m'y serais volontiers attardé. Je n'ai pas perdu de temps à contempler la devanture, il vasait pire que du temps de Noé. La porte s'est ouverte dans un ding dong, je me suis engouffré, trempé. Pas beaucoup de clients. Deux types en salle sirotaient un ballon, deux jouaient aux dés au bar, derrière lequel une jeune femme essuyait des verres. Emna, sans doute.

Sympa, ce bistrot. Un peu à l'ancienne. Ça sentait l'anisette. Il faisait chaud, juste ce qu'il faut. Les murs étaient couverts de photos de personnes que je n'identifiais pas. Des habitués ? Des amis ? Des stars de je ne sais quoi ? Des photos, donc, sauf sur le mur de gauche qui était couvert d'étagères. Des bouquins en veux-tu en voilà. Je me suis approché. Il y avait de tout, des livres anciens sur la région, des guides touristiques, des romans divers, de la poésie, une belle quantité de Série Noire et de l'érotique de gare. Éclectique.

Je suis allé au bar, j'ai escaladé un tabouret, puis me suis adressé à la femme.

— Un Picon bière, s'il vous plaît !

Elle m'a souri. M'a servi. Ça devient rare, les amateurs de Picon bière. Certains prennent du Picon avec le vin blanc. Une hérésie… Quoi ! Je me demande parfois ce qu'en penserait Bébel, qui en fit grande consommation en compagnie de Gabin dans l'inénarrable *Un singe en hiver*…

— Merci. Sale temps, hein ?

— Très. Ça va passer.

— Sûrement. Mais quand ?

La météo, quand on ne sait pas quoi dire, c'est une valeur sûre, un passage obligé. Une gorgée, puis deux. J'observais ma vis-à-vis. Quel âge pouvait-elle avoir ? Trente-cinq ? Moins. Sa tenue la desservait, elle était vêtue un peu comme j'imagine une Amish, genre la série *Petite maison dans la prairie*. Ça ne lui rendait pas service. À cinquante ans, elle commencera à avoir des cheveux blancs, elle les gardera comme ça et ce sera joli. Vouloir rester jeune à tout prix, au final ça vieillit.

— Vous êtes Emna ?

Elle a acquiescé. À nouveau elle m'a souri.

— Pour vous servir ! C'est le cas de le dire… Vous… ?

— Quentin Dickens. Mais on m'appelle Kant. Ce sont les parents de Jérôme Bourdon qui m'ont orienté vers vous.

— Ah ? Jérôme ? Ses parents ? Ah…

Elle ne devait pas savoir, pour son ami. Délicat. J'ai repris une gorgée de Picon, puis une deuxième, avant de me lancer. Les mauvaises nouvelles, je ne m'y ferai jamais.

— Jérôme a eu… un accident.

Son regard s'est fait inquiet. Puis interrogatif. Puis les deux à la fois :

— Un accident ? Grave ?

— Assez. Mais ses jours ne semblent pas en danger.

Zut. Maladroit, j'ai été. Ça n'a pas loupé, elle s'est plus qu'inquiétée :

— « Semblent » ? Que… Qu'est-ce qui s'est passé ?

— Il y a une enquête en cours. Il est… tombé du train. Du train qui le ramenait chez lui le dernier soir où vous l'avez vu, je crois. Avant-hier, non ?

Elle a soupiré. Ses yeux contemplaient le verre qu'elle n'avait pas cessé d'essuyer. Qu'est-ce qui se passe dans nos têtes quand le ciel leur tombe dessus ?

— Merde… Il n'est pas dans ses années chance, le gars Jérôme. Merde ! « Ne semblent pas en danger », vous avez dit ? Pardon d'insister… Mais encore ?

— Non, ses jours ne sont pas en danger. Mais il est dans le coma. Hôpital Jules Verne, à Nantes. Inutile de faire le voyage pour l'instant. Vous étiez bons amis je crois ?

— Très. *Tombé* du train ? Comment… comment ça s'est passé ? Vous êtes… policier ?

— Pire : journaliste. On ne sait pas exactement ce qui s'est passé.

Elle a tiqué. Dans l'ordre des métiers que les gens, à tort ou à raison, apprécient peu de voir débarquer chez eux, journaliste se situe quelque part entre huissier, policier et croque-mort.

— C'est bien le genre de certains journaux de faire du chiffre avec le malheur des gens. Quel journal ? Un du coin ?

— Loire-Atlantique. Vous ne me lirez pas ici. *Quat'jeudis*, il s'appelle. Une gazette. Qui a vocation à raconter ce que les autres taisent.

Les sourcils d'Emna ont marqué le doute. La nature a inventé le sourcil pour marquer le doute, entre autres. Et la nature en a profité pour glisser la suspicion parmi les multiples défauts de l'humain. Dites que vous êtes boulanger, chômeur ou employé de mairie, cela ne fera pas remuer le moindre promontoire velu. Présentez-vous comme journaliste, alors là…

— Raconter ce que les autres taisent ? Belle vocation. Tant que vous ne taisez pas ce que les autres racontent… Et vous êtes venu pour mener votre petite enquête ?

— Pas si petite que ça. La police s'oriente vers le suicide. Je n'y crois pas et c'est pour ça que je suis là. Mais… vous étiez aussi amie avec Clara ?

— Oui, bien sûr. Jérôme et Clara sont inséparables.

— Navré, mais… Clara a subi le même sort. Sauf… Sauf qu'elle n'a pas survécu. Navré.

Là, les sanglots se sont libérés. Apprendre le décès de quelqu'un de proche, c'est moche. Les réactions sont diverses. Certains se retranchent dans le mutisme, plongent illico dans leurs souvenirs, revivent les instants passés ensemble. Ils pleurent. D'autres s'insurgent, frisent le déni, agressent ou insultent le pourvoyeur de mauvaises nouvelles. Comme s'il y était pour quelque chose.

J'ai eu du mal à annoncer cette mort-là. Je m'y suis mal pris et j'en ai été gêné.

Les quatre clients qui jusque-là n'avaient pas bronché, bien qu'ayant sans doute tout entendu, se sont approchés du bar. L'un d'eux, le plus jeune, a posé une main sur l'avant-bras d'Emna.

— Putain, Emna… Merde…

Paroles de soutien un peu faibles, mais le cœur y était. Les sanglots s'estompèrent, Emna a repris :

— Clara… Non, ce n'est pas un suicide. On l'aurait senti ! Lundi, ils étaient ici. Ils étaient… comme d'habitude ! Sourires et blagues. Positifs ! Même si… même s'ils ont des difficultés. Trouver du boulot, tout ça. Clara… Clara ? Morte ? C'est… c'est juste impossible. Suicidée ? Jamais de la vie ! *Jamais de la vie !*

— Elle n'avait pas d'emploi non plus ?

— Pas vraiment. Elle donnait des cours de guitare, mais pas de quoi en vivre. Pas de diplômes, vous comprenez. Pas l'envie de faire caissière ou des ménages. Un temps, elle voulait aller s'installer dans la zad, vous savez le projet d'aéroport de Notre-Dame-des-Landes. Mais Jérôme croyait dur comme fer qu'il allait trouver un boulot stable, quitte à partir loin. Avant-hier, il parlait encore de prospecter aux Antilles, ou en Guyane, enfin vraiment loin quoi. Elle, elle était enthousiaste. Pas des conversations de personnes qui vont se jeter du train. Vous pensez qu'on les a poussés ?

Je crois ce que je vois. Et ce que j'avais vu m'incitait à répondre par l'affirmative. Mais prudence.

— Je pense que c'est probable. Et vous me confirmez dans cette idée. La question est : qui ? Qui aurait fait ça ? Pour tout vous dire, ils auraient été projetés à travers une vitre que les… coupables auraient brisée. Le train roulait vite et…

— Projetés ? *Projetés* comme ça ? Mais pourquoi ? *Pourquoi* ? Et… personne n'a rien vu ? Personne n'est intervenu ?

— Personne ne s'est manifesté. Ils n'ont été découverts que le lendemain. C'est-à-dire hier matin. Par hasard. Semble-t-il.

Les sanglots sont repartis de plus belle. Puis elle a pris une grande inspiration, m'a regardé :

— Ce ne sont pas des suicides. Il faut… il faut retrouver ceux qui ont fait ça. La police ? La police va continuer à enquêter ?

— Pas sûr. Enfin, si, ils ont *déjà* enquêté. Pour eux, c'est un double suicide. À moins qu'on leur démontre le contraire, ils vont classer l'affaire.

— N'importe quoi ! Ils ont dû… Ils ont dû… je ne sais pas ! Se faire agresser, comme vous dites ! C'est courant, les agressions. Tard dans le train, on voit des fois… Les gens sont sur les nerfs, alors une bagarre qui dégénère. Ou… je ne sais pas mais le suicide j'y crois pas !

La porte du *Page Zinc* s'est ouverte dans un tintement de clochette pour laisser entrer, outre le bruit de la pluie, un grand gaillard au teint hâlé, trempé de la tête aux pieds, le genre guide de haute montagne ou champion de surf, qui tout en passant le seuil a propulsé un sac de toile sur le comptoir. Bon viseur. Le patron, à n'en pas douter. Il a deviné de suite à la mine déconfite d'Emna que quelque chose clochait.

— Un problème ?

Les quatre clients sont retournés où ils étaient avant mon arrivée. Emna s'est remise à pleurer. Je me suis présenté, en faisant au plus court ; il en a fait de même – c'était bien Jean-Pierre – puis j'ai expliqué. Jean-Pierre n'a rien dit, il s'est contenté de m'écouter, puis est passé derrière le bar, s'est versé un scotch. D'un lever de menton, il m'en a proposé le jumeau.

— Je préférerais un Picon bière.

Jean-Pierre m'a servi, est revenu en salle, s'est assis, m'a invité à faire de même. J'ai attendu quelques secondes, je l'ai rejoins, puis je l'ai entrepris :

— La police pense au suicide…

Il a haussé les épaules. Les clients sont partis, marmonnant un vague « à plus ».

— La police pense mal. Pas plus tard qu'avant-hier ils étaient là tous les deux. Pas franchement joyeux, rapport à l'entretien que Jérôme venait de passer, mais ils restaient optimistes. Oui, optimistes. C'est dans leur caractère. Jérôme a des chances de s'en tirer ?

— Je ne suis pas médecin. Tout porte à croire qu'il risque des séquelles. Peut-être lourdes. Mais qui sait…

— Ce ne sont pas des suicides. Non. Un accident ? Non plus. On ne chute pas d'un train à travers une vitre brisée par accident ! Donc, c'est une agression. Un meurtre. Des bandes de tarés qui agressent dans les trains, les bus, tout ça, c'est pas ce qui manque. On vit dans un monde de dingues, j'ai l'impression que c'est de pire en pire. Vous croyez que les policiers vont nous interroger ?

— Peut-être. Si j'étais eux, c'est ce que je ferais. Pour le moment, ils sont branchés suicide, alors… Mais ils vont peut-être se rendre à l'évidence. Ça vous ennuie si je parle de votre bar dans le prochain numéro de *Quat'jeudis* ? Avec photo de la devanture ?

— Vous ne perdez pas le nord, vous… Non, ça ne dérange pas. Tu es OK, Emna ?

Emna était OK. Je crois qu'elle s'en fichait. Jean-Pierre gardait les sourcils froncés, l'air soucieux davantage qu'attristé. Il a hésité un moment avant de se lancer :

— Les policiers… Ils pourraient penser… Je veux dire, Emna et moi on avait un mobile, comme on dit, pour… pour faire disparaitre Jérôme. Même si on était amis. On…

— Un mobile ? Quel mobile ?

Nouvelle hésitation.

— Vous me promettez de ne rien dire dans le journal ?

— Je ne promets pas. Et puis, maintenant que vous l'avez évoqué, soyez certain d'une chose : ce mobile je le trouverai. Alors on gagnerait du temps si vous déballiez de suite. Ce que je peux vous promettre, par contre, c'est de ne pas déformer la réalité. Et de ne pas en parler du tout s'il s'avère que votre « mobile » n'a rien à voir avec le drame.

Jean-Pierre a hoché la tête. A regardé Emna. Elle aussi a haussé les épaules. Cela voulait dire « dis-lui ». Il a dit.

— On devait de l'argent à Jérôme. Pas un gros gros paquet, mais on ne pouvait pas rembourser. Pas avant plusieurs mois. Et lui-même était dans l'embarras. Il comprenait, mais devenait de plus en plus insistant. Lundi, on en a encore parlé. Le ton est un peu monté. Des clients ont pu entendre. Ils pourraient causer.

— Mais vous avez un alibi ! Le bar ferme à quelle heure ?

— Vingt-deux heures.

— Donc, vous étiez ici pendant que… je veux dire au moment où ils sont « tombés » du train.

— Oui. Certes. Mais on devait plus à Jérôme que ce que demande un voyou pour tuer. Du moins j'imagine. Alors…

Payer un voyou pour tuer ? C'était une hypothèse comme une autre, mais ce « voyou » aurait fait un piètre tueur à gages. Un pro aurait choisi un procédé plus simple, et moins risqué…

— Pourquoi est-ce que vous lui deviez de l'argent ?

Nouveau regard vers Emna. Nouveau haussement d'épaules.

— On lui devait pour rembourser un voyage qu'il nous avait financé. Un voyage en Thaïlande. Oh, pas pour faire du tourisme ! Emna et moi, on souhaite adopter. Et… Enfin voilà, on avait quelques économies, mais on était loin du compte et les banquiers nous ont ri au nez. Pensez ! Un prêt alors qu'on est déjà endettés pour le bar et qu'on est loin de rouler sur l'or ? Et tout ça pour aller à l'autre bout du monde. Pas question. Jérôme a avancé ce qui nous manquait. Une sorte de prêt sans intérêts, mais on avait signé un papier.

— Ça devait quand même faire une petite somme. Il était si l'aise que ça financièrement ? Pour un chômeur…

— Oui. On a été surpris. Mais il a bel et bien fourni l'argent. Et ça ne semblait pas le gêner. On n'a pas posé de questions.

Pas terrible, ça. Pas terrible pour eux. Si les flics se décidaient à creuser, Jean-Pierre et Emna étaient bons pour a minima une série d'interrogatoires musclés. Je les ai regardés, tous les deux. Ils n'avaient pas des têtes d'assassins. Pas du tout. Leurs réactions m'ont paru naturelles. Rien qui sonnait faux. Mais… se méfier.

— Finalement, vous avez adopté l'enfant ?

— Même pas ! Des problèmes de papiers, on nous a dit là-bas. Plus des embrouilles, on n'a pas trop compris, mais on était furieux. Tout ça pour rien. On n'a même pas vu le gosse. Quelque part, c'est mieux.

— Une dernière question et je vous fiche la paix. Je vous promets de ne pas en parler dans le journal. Combien devez-vous à Jérôme ?

— Hum… Quatre mille euros. C'est presque notre chiffre d'affaires mensuel. Et nos marges sont faibles. Avant de pouvoir le rembourser, il aurait fallu du temps.

J'ai tiqué sur ce « aurait ». Il sonnait étrange. Quelques milliers d'euros, c'était léger comme mobile, mais j'ai déjà vu le pire pour moins que ça. Le pire du pire, c'est le crime commis pour rien du tout. J'ai failli faire une remarque. Je me suis abstenu. La petite aiguille qui trotte en permanence dans ma tête m'indiquait qu'il était temps de me replier. J'avais un train à prendre. J'ai pris congé.

Mercredi 21 h 30 - Le TER du drame…

… n'avait pas changé en vingt-quatre heures.

Maximilien – l'Homme de fer – était toujours à la même place. Il ne m'a pas reconnu, du moins il a fait comme si. Il y avait une différence entre lui et moi : j'étais venu pour observer, lui n'était là que par habitude. Notre cerveau est fascinant. Le mien ne voyait que cet homme en fauteuil, tandis que le sien était ailleurs, occupé à rêvasser, peut-être à des années-lumière de cette rame aux trois-quarts vide. Il ne me calculait pour ainsi dire pas. L'Homme de fer avait-il assisté à la double défenestration ? Le plus simple aurait été de lui poser la question. *« Bonjour monsieur. Avez-vous assisté à une double défenestration avant-hier soir dans ce même train ? »* Non. Trop direct. *« Bonjour monsieur. Auriez-vous par hasard remarqué quelque chose d'insolite avant-hier soir dans ce même train ? »* Non plus. Pour le braquer, c'était de première. *« Bonjour monsieur. Un homme et une femme sont passés par la fenêtre avant-hier soir dans ce même train. Pourriez-vous me raconter… »* N'importe quoi.

Réfléchir avant d'agir. Prendre son temps, quand on en a. J'en avais. Il n'allait pas s'envoler, mon Homme de fer ! *« Tout vient à point à qui sait attendre »* si l'on en croit Clément Marot. Réfléchir, donc. Laisser le cerveau faire son boulot.

Technique dite des doigts de la main : classer les éléments en cinq catégories.

Première catégorie : le pouce. Les certitudes positives. Les éléments concrets, vérifiables, et vérifiés. Image associée : pouce vers le haut, bravo.

Deuxième catégorie : l'index. Les doutes positifs. Les éléments probables, vérifiables, mais non encore vérifiés. Image associée : index pointé, à prouver.

Troisième catégorie : le majeur. Les doutes négatifs. Les éléments peu probables, réfutables, mais non encore réfutés. Image associée : doigt d'honneur, menteur.

Quatrième catégorie : l'annulaire. Les certitudes négatives. Les éléments concrets, réfutables, et réfutés. Image associée : anneau, zéro.

Cinquième catégorie : l'auriculaire. Le bruit. Les éléments sans rapport avec l'affaire qui polluent la réflexion, ou l'action, ou tout ce qu'on voudra mais qui polluent. Autrement dit : les fausses pistes. Image associée : petit doigt, blabla.

Hors catégorie : la paume. Tout ce qu'on ne sait pas placer sur l'un des doigts. Image associée : paume levée, pesée.

Déroulement idéal d'une enquête : rassembler le maximum d'éléments et les répartir entre les différentes catégories. But du jeu, et fin de la partie : la paume est vide, les doigts sont refermés, sauf le pouce qui plie sous le poids des éléments recueillis.

Facile à dire. J'ai fermé les yeux et entrepris de me détendre. Respirer. La journée avait été chargée, depuis le coup de fil matinal de Jobard je n'avais pas chômé. Ananké non plus. Bonne recrue ! Inspirer. Expirer. Compter. Un, deux, trois. Inspirer. Expirer. Moins vite… Ins-pi-rer. Ex-pi-rer. Encore. Faire le vide. Ne plus penser. Le train berce. Le vide se fait, tant bien que mal. Le vide ne se fait jamais tout à fait. Penser au vide, déjà, ce n'est pas le vide. Penser à ne pas penser. Maintenant, remplir le vide. Remplir mes catégories. Tri sélectif. Ins…pi…rer. Ex…pi…rer… Encore. Une femme décédée. Clara Boudringhin. Première catégorie. Décès consécutif à une défenestration. Deuxième catégorie. Un homme entre la vie et la mort. Jérôme Bourdon. Première catégorie. Défenestré lui aussi. Deuxième catégorie. L'Homme de fer est témoin. Deuxième catégorie. Tout ce petit monde a pris le TER de vingt et une heures dix-huit. Deuxième catégorie. Suicides ? Troisième catégorie. Jean-Pierre et Emna. Paume levée.

Quoi d'autre ? Qui ? Jobard… Cinquième catégorie ? Non. Jobard, je ne savais pas le situer. Qu'est-ce qu'il fichait là ? Pourquoi m'avoir appelé ? Jobard : dans la paume. Paume levée, pesée. Ça lui ferait les pieds. Les gendarmes. Pareil ? Oui, pareil. Dans le même sac, la maréchaussée. La dame sur les lieux, pour Jérôme Bourdon. Madame Goth. Témoin ? Était-ce elle qui avait prévenu les gendarmes ? J'hésitais. Entre deuxième et troisième catégorie. Je l'ai mise en troisième, en attendant mieux, je ne la visualisais pas en train de téléphoner. Un appel anonyme reçu par la police. Une femme avec une voix bizarre, dixit Jobard. Même sort : troisième catégorie, en attente. Une vitre brisée et un brise-vitre manquant. Première catégorie.

Les yeux toujours fermés, j'ai contemplé ma main depuis mon œil intérieur. Elle était déjà assez chargée. Elle se chargerait encore. Ma petite rêverie m'avait convaincu de ne pas tenter d'interroger l'Homme de fer. Son heure viendrait, plus tard.

Je me suis assoupi. Une autre journée chargée m'attendait le lendemain. Chargée de quoi, je ne le savais pas.

Jeudi 11 h - Toumane dormait encore…

… quand Ananké a débarqué rue des Vieilles-Douves, les bras chargés de victuailles. La matinée était bien avancée, je venais tout juste d'émerger : la journée de mercredi m'avait épuisé et j'avais roupillé comme un bébé. « *Roupiller comme un bébé* ». Façon de parler ! J'en connais, des nouveaux parents de nouveau-nés, eh bien allez leur dire que vous avez « *dormi comme un bébé* » et vous allez être reçu : si les nouveaux parents de nouveau-nés ont les yeux cernés, ce n'est pas parce qu'ils ont fait la fiesta jusqu'à pas d'heure ou qu'ils se sont remis au tourniquet japonais entre deux tétées, oh non ce n'est pas pour ça. Un bébé, ça dort beaucoup, mais ça passe aussi ses nuits à réveiller toute la maisonnée. Enfin bref.

Ananké a stoppé net en découvrant le corps étendu sur le canapé.

— C'est qui, lui ?

— Un môme. Il dort.

Elle a paru surprise, mais sans plus. Le métier qui rentre, au bout d'un moment on ne s'étonne plus de rien. L'essentiel, c'est de s'intéresser à tout.

— T'as un *môme, toi* ?

Ananké avait insisté sur le « môme » et sur le « toi », comme si la capacité à se reproduire lui semblait incompatible avec ma personne. C'est vexant.

— Non. C'est pas *mon* môme, c'est *un* môme. Parle moins fort, il a besoin de sommeil. Dans l'état où il est, il mérite son tour de cadran. Au moins.

Ananké a déposé ses courses. Des chips, un poulet rôti, de la mayonnaise, quelques clémentines et une espèce de boisson gazeuse orangée à dégoûter un assoiffé. Plus un sac qu'elle n'a pas ouvert.

— Il s'appelle Toumane.

— C'est pas chrétien, ça, Toumane. Tu l'as pêché où ?

— Dans le coffre de la 4L, hier soir en rentrant de Rennes.

— Dans le coffre de la 4L… Forcément. J'aurais dû deviner. Bon, tu accouches ou j'appelle une sage-femme ?

Comment décrire l'invraisemblable ? C'est un vrai sujet. J'avais découvert Toumane la veille au soir, quand par acquit de conscience, et par amour aussi, j'étais allé caresser les ailes de Titine. Elle bougeait. Titine ne bouge jamais quand elle est au garage. Normal, ce n'est qu'une 4L, je le sais bien, mais j'aime la considérer comme un être vivant. Et un être vivant, à moins d'être une plante ou un quelconque végétal, ça bouge ; alors, comme Titine bougeait, j'ai investigué. Rien à l'intérieur. Rien de rien, à part quelques mouchoirs en papier oubliés, qui ne bougent pas, en général. J'ai testé le coffre. Et là…

— Il a sifflé tout le pot de Nutella, c'est tout ce que j'avais en stock.

— Il va être malade.

— C'était le Nutella ou crever de faim. Regarde-le, on dirait une momie.

L'enfant était maigre, très maigre. Ses poignets qui dépassaient des manches d'un blouson crasseux étaient à peine plus épais que mon index et mon majeur réunis. Pourtant, son visage osseux était beau. Même endormi, il semblait sourire. Ananké s'est approchée de lui, elle était sous le charme :

— En parlant de momie, je trouve qu'il a une tête d'Égyptien… Un musulman ? Va falloir revoir le contenu de ton frigo… Tu manges de la charcutaille à chaque repas !

— Pas question de changer de régime alimentaire. Je soigne mes artères. Et puis, un enfant « musulman », ou chrétien, juif, témoin de machin ou tout ce que tu voudras, ça ne veut rien dire. Un enfant, c'est un enfant, il ne peut pas être « musulman ». C'est comme si on disait « un enfant de droite » ou « un enfant de gauche » sous prétexte que ses parents sont de tel ou tel bord. Foutons la paix aux enfants ! Plus tard, quand ils seront adultes, ils auront le choix. Athée, agnostique, bigot, de droite, de gauche, rabbin, prêtre, imam, tout ce qu'on voudra mais ce sera *leur* choix. Religieux de tous poils, par pitié (piété ?), laissez les enfants être des enfants ! Cessez de les violer ! Cessez de leur enfoncer vos croyances dans le crâne ! Parce que le cerveau des mômes, c'est un buvard. Et on n'a jamais vu un buvard recracher ses taches en vieillissant. Il va s'en rajouter au fil du temps, des taches, c'est couru, mais celles des premières années resteront les plus incrustées. Le bordel ne fait que croître, c'est une loi universelle de la nature, ça s'appelle le deuxième principe de la thermodynamique et c'est un Français, Sadi Carnot, qui a découvert le truc. Donc, si on écoute le père Carnot, moins on tachera le buvard de départ, plus il aura de chances d'être présentable quand le môme sera largué dans la vraie vie.

Ananké m'a regardé comme une bonne sœur visitée par la Vierge Marie :

— T'es beau quand t'es comme ça… Ça t'arrive souvent ?

— Pas assez. J'ai un catalogue personnel de sujets qui fâchent épais comme le bottin du 44.

Le bottin… Voilà bien un mot en passe d'être viré du dictionnaire. Qui utilise encore le bottin ? Peut-être Jobard, pour les interrogatoires ? Même pas. Le bottin a succombé à l'invasion internet jusqu'au fins fonds des commissariats. Les jeunes n'imaginent pas qu'il fut un temps où Internet n'existait pas. Ils n'imaginent pas non plus qu'il en viendra un où il n'existera plus. Remplacé par un je ne sais quoi inconcevable qui paraîtra pourtant évident à leurs descendants. Tout s'accélère… Lavoisier, chimiste de génie qui finit néanmoins guillotiné, aurait dit « *rien ne se perd, rien ne se crée, tout se transforme* ». À notre époque, ce ne sont plus des transformations, ce sont des métamorphoses ! Nous sommes tous des têtards qui ignorent qu'ils finiront crapauds.

— Et le catalogue des sujets qui te plaisent, dis-moi tout Kant, il est épais comment ?

— Comme tous les numéros parus de *Quat'jeudis* empilés les uns sur les autres. Les sujets qui me plaisent, ce sont ceux qui dénoncent les sujets qui me fâchent. Les mêmes qu'on retrouve dans *Quat'jeudis*. Je suis râleur dans l'âme. Je suis français, et les Français râlent, c'est à ça qu'on les reconnaît. Va dans un hôtel, loin, très loin, au bout du monde. Mate la réception. Il y en a un qui râle ? Tu peux lui dire « Bonjour monsieur », ça lui fera plaisir, tu peux être sûre qu'il est de chez nous. Nous, en France, on râle. Ça vaut passeport, la râlerie.

— T'es beau, je confirme… J'aime les râleurs, à condition qu'ils marquent des pauses souvent. Et qu'ils ne s'attaquent pas à ma délicate personne. Je suis susceptible. Et râleuse, pareil. Bien, c'est pas le tout mais ton Toumane, tu comptes en faire quoi ?

— Lui refaire une santé. Le faire causer, aussi.

— Causer ? Il parle français ?

— Des bribes d'anglais. C'est pour ça que je l'ai appelé Toumane.

— Ça ne sonne pas très british. Et je ne vois pas le rapport.

— Il voulait dire « two men », mais il prononçait « two man ». J'ai pigé ça quand il m'a fait un dessin.

— Rien compris.

— J'ai voulu savoir ce qu'il fichait dans le coffre de la 4L. C'est pas un endroit pour faire la sieste. Alors une fois arrivés ici, après lui avoir ouvert le pot de Nutella, après qu'il a vidé le pot de Nutella, je lui ai mis un papier sur la table et tendu un crayon. Il a dessiné un train, avec une fenêtre défoncée. Un corps qui passe par la fenêtre et deux bonhommes debout dans la rame. Les « two man ». Il pointait les deux bonhommes en répétant ça entre deux « tchou tchou ». « Two man, two man ! Tchou tchou… Tchou tchou. Two man two man ! » Et il me fixait comme si j'étais le messie, comme si il espérait que j'allais piger. Et c'est ce que j'ai fait : j'ai pigé. Toumane a assisté à la défenestration. Il a tout vu. Ça a dû se passer très vite, mais ça a suffi pour qu'il enregistre la scène. C'est notre premier témoin, ce gamin ! Regarde-le bien, il ne te rappelle rien ?

Ananké s'est approchée à nouveau du garçon endormi.

— Crie pas si fort. Merde… Si, il me rappelle quelqu'un. C'est le petit qui s'accrochait aux frusques de la femme qu'on a vue ! Ta Goth… Aucun doute, c'est lui. J'avais remarqué sa cicatrice sur le front. Quand on est repartis, il avait filé. C'est à ce moment-là qu'il a dû… se planquer dans le coffre. Tu m'étonnes qu'il ait faim ! Il est dans ton coffre depuis deux jours ! J'hallucine. Mais… pourquoi il a fait ça selon toi ?

— Sais pas. Peut-être qu'il ne se voyait pas passer plus de temps avec la mégère ? Peut-être que c'est un gosse de migrants qui a perdu ses parents et qui se dit qu'il serait mieux en ville que dans cette campagne perdue. Je vais tâcher de deviner de quel pays il vient, puis trouver un traducteur qui lui tirera les vers du nez.

— Tu comptes t'y prendre comment, pour savoir où il est né ?

— Avec une carte ! Il saura bien nous pointer du doigt le pays d'où il vient. Quand il se réveillera…

Je jouais les optimistes, mais j'appréhendais le réveil du môme. Et je n'avais pas le début d'un commencement d'idée sur ce que j'allais faire de lui. Le remettre à la police ? Tu parles d'un service !

— Kant, j'ai pensé à une chose. Si si, je pense, parfois. Des éclairs, comme ça… Ta Goth…

— Quoi ma Goth ? Qu'est-ce qu'elle a ma Goth ?

— Qu'est-ce qu'elle a ta Goth ? On dirait du Johnny… Bref. Ta Goth, eh bien elle n'a pas une allure à avoir un téléphone.

— Parce que ça a une allure, les gens qui possèdent un téléphone ? Admettons. Et tu en conclus que…

— Qui a appelé la police si ce n'est pas elle ?

— Excellent éclair. On devait être sous le même orage parce que j'y ai pensé aussi. Qui a téléphoné ? Un autre témoin ? À cette heure-là, dans les parages, il ne circule que des Goths et des gamins perdus. Un passager du train ? Question de plus à poser à Jobard. Depuis le début, il cache quelque chose. C'est dans sa nature, mais là c'est curieux. Pour ne pas dire suspect. Tu as pris quoi à manger ?

— Pour toi, saucisson au piment d'Espelette, pâté de foie aux truffes, cacahuètes grillées au sel de Guérande, chips à l'ancienne et kouign amann. Plus une bouteille de Boulaouane. J'adore le vin gris. Et des petites spécialités pour moi.

— Extra. Je n'aurais pas fait mieux. Sauf peut-être pour les chips à l'ancienne. Tu crois que les anciens boulottaient des chips ? Pff…

— Ça s'appelle du marketing. Une forme d'escroquerie, mais légale. On apprend ça, à la fac. Je te laisse le ticket de caisse. Ça fera note de frais.

En attendant le retour à la vie de notre témoin numéro 1, on s'est bâfrés comme si on revenait d'un séjour à Londres.

Puis Ananké m'a raconté sa rencontre avec les parents de la défenestrée du train.

Épouvantable calvaire. Pour les parents, bien sûr, qui apprennent d'une inconnue que leur chère fille ne paraîtra plus, mais aussi pour Ananké. Je m'en suis voulu de l'avoir envoyée là. Et puis je me suis dit que c'était le métier. Il faut bien une première fois. La vie est une enfilade de premières fois. Jusqu'à la dernière, qui est aussi, à tout bien considérer, une première.

Les Boudringhin vivent dans l'hyper-centre. Depuis leur balcon, on entend le bruit de fond de la place Royale. Sous ce balcon, la rue piétonne voit chaque jour passer des dizaines de milliers de badauds, chaque nuit zonards et soûlards s'y croisent et parfois s'y bagarrent. En face de leur balcon, il y a un autre balcon. Désert. Les Boudringhin ne vont jamais sur leur balcon. Dans l'hyper-centre, on se demande bien à quoi servent les balcons.

Les Boudringhin vivent dans un quartier cher, mais cela ne fait pas d'eux des milliardaires. Ils ont hérité. Pour le reste, ils sont retraités, de l'Éducation nationale pour Monsieur – il était préparateur de labo dans un lycée – d'une grande surface de banlieue pour Madame, naguère caissière dans un espace que l'on dit culturel. Bref, des Français moyens.

Ananké s'est présentée, intimidée. Elle a raconté. La mère a pleuré. Le père s'est effondré. Clara était leur fille unique. Non, elle n'avait pas l'intention de se suicider. Non, elle n'avait pas de problèmes particuliers. Les soucis, les envies des jeunes de son âge. Avoir un vrai métier. Avoir un vrai logement. Sortir avec ses amis. Voyager. Rire. Aimer. Danser.

Son petit ami ? Plus qu'un petit ami ! Un compagnon. L'homme de sa vie. Fidèle, doux, aimable. Le gendre idéal. Mais Clara, le mariage… Un truc de vieux. Démodé. Trop de contraintes. Et puis, il faudrait organiser une cérémonie. Des conneries. Très peu pour elle.

Demande du père. Qu'est-ce qui lui est arrivé ? Elle est tombée d'un train. Mauvaise réponse, Ananké… Trop froid, trop direct. Du tact ! Un accident. Oui, c'est ça, un accident. On ne sait pas encore vraiment. Le corps ? C'est-à-dire… Ananké ne savait pas où ils pouvaient voir le corps. Il faudrait que vous appeliez la police. Le… Le commissariat central. Il s'appelle Jobard. Oui, Jobard, comme un jobard. C'est lui qui s'occupe de… de l'affaire. Enfin, il saura vous dire. Moi je ne suis que… journaliste. Je suis navrée… je… Demande de la mère. Elle a souffert ? Ananké répond : sans doute que non.

Ils ont dû tiquer, les parents. Ils ont dû espérer. Qui est cette fille qui leur annonce la mort de Clara ? Une journaliste ? Elle ne ressemble pas à une journaliste. Elle n'est pas habillée comme une journaliste. Elle ne cause pas comme une journaliste. Elle a une carte de journaliste, la demoiselle ? Non, elle n'a pas.

La mère a cessé de pleurer. Le père s'est redressé. Ananké est partie, désolée.

Je n'aurais pas dû envoyer Ananké. Et il fallait vraiment que je comprenne pourquoi, plus de vingt-quatre heures après la découverte du corps, les flics n'avaient toujours pas informé les parents. Invraisemblable. À moins qu'ils aient une bonne raison, mais je ne parvenais pas à déterminer laquelle.

Une petite visite surprise à la Goth s'imposait. Cette question du téléphone me turlupinait. *Qui* avait téléphoné ?

Jeudi 14 h - Titine filait bon train…

… dans la campagne nord-nantaise. Direction l'antre de madame Goth.

Ananké avait hérité de la place du mort, tandis que Toumane et Coco se partageaient la banquette arrière. Toumane contemplait le paysage, Coco tentait d'en faire de même. Ananké et moi on papotait. De religion, encore une fois. Un sujet casse-gueule.

— … toi, Kant ? Tu crois en Dieu ? Ça m'étonnerait.

C'est fou comme les gens peuvent se faire des idées préconçues. Je venais juste de laisser entendre que des forces supérieures nous dirigeaient, gouvernaient le monde sans qu'on n'y prenne garde, sans que l'on en ait conscience. Je pensais à la Finance, et elle… Elle insistait :

— Alors ? Dieu, tu y crois vraiment ?

— Dieu ? Quel dieu ? Il y en a tellement… Je n'y crois pas. À choisir, je me demande si le diable… Le religieux me fait peur. Oui, c'est ça, peur. Pas toi ? J'ai bien dit *le* religieux, hein, pas *les* religieux. Quoique certains… C'est le phénomène que je n'encaisse pas. Les gens, c'est autre chose. On est tous crédules de quelque chose, et quand on t'a gavé de croyances pendant toute ton enfance, c'est difficile de s'en défaire. Et puis, si on ne croyait en rien du tout, ce serait triste. Faut juste pas jeter le bouchon trop loin. Tu y crois, toi, à un de ces dieux ?

— Non. Je suis agnostique. Tolérante.

— Mouais. Tu ne te mouilles pas, quoi.

— Ce n'est pas ça. Juste, je ne suis pas convaincue. Je doute…

— « *Le doute, c'est une certitude qui attend son heure* » disait Spinoza. Enfin, je crois qu'il disait ça, et s'il ne le disait pas il le pensait très fort. La plupart des agnostiques sont des athées qui ménagent leurs arrières. Surtout, surtout, ne pas se prononcer. Dieu ? Je ne sais pas, j'ai pas vu l'accident. Si tu lis les « Textes », c'est à tomber par terre. Il y a suffisamment de passages là-dedans pour t'envoyer rôtir tous les dieux en enfer.

— Des gens très intelligents, plus que toi, y croient.

— Oui, c'est vrai. Tiens, les grands penseurs de l'Antiquité, du Moyen Âge, de la Renaissance, et même des contemporains étaient ou sont bien plus malins que moi et ils croyaient ou croient encore dur comme fer que Jésus ceci cela et que Dieu patin couffin. Prends Descartes, le grand manitou du raisonnement et de la rigueur ; il pensait pouvoir démontrer l'existence de Dieu, alors même qu'il pourfendait les idées reçues pendant l'enfance, sans se rendre compte que ses croyances *étaient* des idées reçues pendant l'enfance. Mais ton bon Dieu que tu ne sais pas s'il existe, il vient faire quoi chez *Quat'jeudis* ?

— Il vient y faire que la mère de la « p'tite » Clara passe son temps à prier pour l'âme de sa fille.

— Je vois le genre. Et le père ?

— Je ne sais pas. La grande peur de la mère, c'est que sa fille se soit suicidée. Parce que là, elle peut dire adieu au Paradis, sa Clara… C'est dingue, mais il semblerait que la mère préfère qu'on l'ait trucidée.

— Il n'est pas sympa, son dieu. Elle aurait dû en choisir un autre. Mais Clara ne s'est *pas* suicidée. C'est son assassin qui ira en enfer. Quand on l'aura démasqué, parce que Jobard se contrefiche de cette affaire. Pire : je crois qu'il fait tout pour l'enterrer, et ça je ne comprends pas.

— Qu'est-ce qui te fait penser qu'il fait tout pour l'enterrer ? Depuis le début tu t'es mis cette idée dans le crâne… Et puis, s'il voulait l'enterrer, comme, tu dis, il ne t'aurait pas appelé ! Au contraire !

— C'est vrai, ça ne colle pas. Pourtant, Jobard n'avait rien à faire sur les lieux du drame. Qui l'a prévenu ? Pourquoi est-il venu alors que c'était du ressort des gendarmes ?

— Il a expliqué que c'était un appel anonyme… Je ne vois pas ce que ça a d'étrange.

— Possible que ce soit un appel anonyme. Mais alors il aurait dû faire mettre les gendarmes dans la boucle. Je crois que c'est la Goth qui l'a appelé. C'est une possibilité. Mais pourquoi le cacher ?

— On ne va pas tarder à y voir plus clair.

En effet, trente minutes de Titine et on était sur zone.

Le Français en dessous de la moyenne fait une allergie aux Roms, aux Gitans, maintenant aux migrants miséreux, bref à tous ceux qui vivent ou survivent hors normes, mais il lui reste de l'affinité pour le clochard d'antan qui pour une pièce dans sa coupelle vous donne du bonjour merci au revoir et se fend même de sa petite blague. La Cour des Miracles est plutôt bien tolérée tant qu'elle reste « bien de chez nous ». Je suis un peu comme ça aussi, j'avoue. Juste un peu. C'est dans mes gènes, ou plutôt un corollaire de mon « éducation », legs plus ou moins volontaire de Papa-Maman.

Madame Goth n'était pas du genre facile à trouver. Mais avec l'aide de Toumane… Ce petit a un GPS dans le crâne.

Je me doutais que le témoignage de madame Goth apporterait peu, j'espérais par contre de bons clichés. La misère, c'est vendeur. Je voyais déjà la photo, avec une légende qu'elle n'irait pas contester : « *Mais qui a prévenu la police ?* ».

Je n'espérais que des clichés, mais j'ai eu davantage. *Nous* avons eu davantage. On s'est pointés sur les lieux ayant servi de cadre à l'atterrissage mouvementé de Jérôme Bourdon. Toumane nous a de suite indiqué une bicoque distante d'une centaine de mètres. Coco est resté dans la voiture. Les grands espaces, il craint. Il fait son malin à l'abri sur la banquette arrière de Titine, mais lâché en pleine nature il ne peut plus dissimuler son agoraphobie.

La bicoque n'était pas visible depuis la route, dissimulée par des massifs de ronces. Une bicoque dans laquelle j'hésiterais à loger Coco. Un potager sur le devant tentait de faire sortir de terre quelques salades, patates, radis et autres carottes. Un vieux puits qui avait connu des jours meilleurs, le genre de puits dont on pense qu'il a pu servir de dernière demeure à bon nombre de pochetrons ou de visiteurs indésirables. Et la bicoque. Petite, murs gris, lézardés, fenêtre unique parée de rideaux sales, porte entrouverte sur un intérieur que je devinais misérable avant même d'y avoir pénétré.

La misère était là, mais c'était surtout l'odeur qui retenait l'attention. Une odeur à faire déguerpir le plus enrhumé des cambrioleurs, plus efficace qu'un système d'alarme ou qu'une meute de bas-rouges. Ça sentait un mélange de poubelles d'immeuble en fin de semaine et d'œuf pourri sur relents de liquette de clochard.

On s'est approchés. Le pire restait à venir : l'odeur venait de l'intérieur.

— Il y a quelqu'un ?

Il y avait quelqu'un. On a entendu un juron, puis des bruits de meuble que l'on déplace, puis des pas, et le quelqu'un nous est apparu. Madame Goth, en tous points semblable à celle que nous avions déjà eu le plaisir de rencontrer.

— Ah, c'est vous ? Qu'est-ce que vous me voulez ? Entrez. Ne faites pas attention au désordre, l'électricité est coupée alors je suis… en panne d'aspirateur.

Ce n'était plus une panne, à ce niveau-là, c'était une grève illimitée. Et pas seulement d'aspirateur. Nous sommes entrés.

L'intérieur était à l'image de l'extérieur. Crasseux, vieux, délabré. Tout compte fait, l'odeur était en harmonie avec le décor. Un parfum délicat aurait semblé déplacé et même les mouches avaient préféré s'expatrier.

— Excusez-nous de vous déranger à l'improviste, mais…

— Vous revenez pour l'accident, c'est ça ?

— Exactement.

— Oh, vous savez, ça devait arriver un jour ou l'autre ! Asseyez-vous…

On est entrés. Il y avait quatre chaises autour d'une petite table recouverte de ce qui avait été une nappe en plastique. Quatre chaises… Il y avait peut-être eu une époque, lointaine, où madame Goth recevait. On s'est assis.

Toumane, lui, est allé se placer à côté de celle qui l'avait hébergé. Recueilli était sans doute la bonne formulation.

— Oui, ça devait arriver un jour ou l'autre !

— Comment ça, « ça devait arriver un jour ou l'autre » ?

— Tout fout le camp. Pardon, j'ai été grossière : le monde d'aujourd'hui est empli de dangers. Vous savez, cela fait des années que je ne suis pas allée en ville.

— Vraiment ? Mais il faut bien que vous fassiez quelques courses de temps en temps ! Des provisions, des vêtements, des chaussures, des meubles, je ne sais pas…

— Ça m'est devenu impossible. Je suis malade, voyez-vous. La pantophobie, vous connaissez ? Non, bien sûr. Vous seriez bien le seul.

— J'avoue que…

J'avoue aussi que j'aurais aimé qu'elle nous offre à boire. Mais quoi ? Elle poursuivait, bavarde, nerveuse :

— Si vous prenez un dictionnaire, il vous expliquera que la pantophobie, pour simplifier, c'est la peur de tout. D'absolument *tout*. Je crois que j'ai été phobique dès l'enfance, mais cela a pris des proportions inquiétantes à la puberté. Je n'ai jamais eu une vie normale, voyez-vous. J'ai pu suivre des études par correspondance, mais je ne peux pas travailler. Tout m'effraie ! Certaines choses plus que d'autres. J'ai surtout peur de la nuit, des oiseaux, de l'eau, de la foule, oh oui de la foule ! des voitures, des lieux clos… Faire le ménage ? J'ai peur. Pire : je crains aussi la poussière, c'est dire mes dilemmes. La liste est interminable, mais je vous ai cité l'essentiel.

C'était curieux. Sa façon de s'exprimer, son éloquence contrastaient avec son apparence, avec sa façon de vivre. Ses yeux traduisaient une intelligence sinon hors norme, du moins très honorable. Si elle avait peur de beaucoup de choses, ce n'était pas de parler.

Je n'ai réussi à pondre qu'un très médiocre :

— Il n'y a pas de traitement ?

— Pfff ! Mes parents, les pauvres, m'ont fait consulter à grands frais des « spécialistes ». Des psychiatres, des psychologues, des quantités de « spécialistes ». Des charlatans, pour la plupart. Rien ! Aller les voir me fichait une trouille bleue. Je suis incapable de faire des courses, incapable de me déplacer, rien que sortir de cette maison me déclenche des angoisses, alors vous imaginez ce que cela pouvait être de me retrouver enfermée dans un train, puis de déambuler en ville, entourée de je ne sais combien de milliers de gens. Le pire était quand même la consultation. J'avais peur des questions, peur de répondre, je me voyais mourir, je me sentais étouffer, mon cœur s'emballait, et ces suées ! Depuis que je vis ici, tout va mieux. Je ne dirais pas que je suis guérie, loin de là, mais tout de même je supporte certaines choses. Vous recevoir, par exemple…

— Je vois ça. Il faut pourtant bien, de temps à autre…

Un mouton de poussière est venu se coller sur mon bas de pantalon. J'ai pensé qu'il était temps de revenir aux nôtres, de moutons.

— Mais je manque à tous mes devoirs. Souhaitez-vous boire quelque chose ? J'ai du lait frais, ou de l'eau du puits.

Ananké a opté pour un verre d'eau du puits, à son âge on se croit immortel. Toumane n'a pas eu le choix et s'est retrouvé avec un bol de lait entre les mains. J'ai décliné.

— Dites… Mardi dernier, c'est vous qui avez appelé les gendarmes ? Pour le jeune homme retrouvé sur les voies ?

Elle a levé les yeux au ciel, haussé les épaules, tourné les paumes des mains vers le plafond et pris une profonde inspiration. Le tout dans un synchronisme parfait.

— Certainement pas. Je n'ai pas le téléphone !

— Internet…

— Non plus ! Je n'ai pas de téléphone, pas d'ordinateur, pas de télévision, de radio, de quoi que ce soit qui fonctionne avec de l'électricité. Vous pouvez vérifier.

Pas d'électricité. Comment, en France, au XXIe siècle, peut-on vivre sans électricité ? De fait, il n'y avait pas d'ampoule au plafond. Madame Goth devait s'éclairer à la bougie. Ou ne pas s'éclairer du tout ; en bonne pantophobe il est probable qu'elle se méfiait du feu.

— Vous avez remarqué quelque chose, avant la venue des képis ? Je veux dire : des gendarmes ?

Elle a hoché la tête, cela voulait dire oui, mais elle ne se décidait pas à répondre, comme si elle devait se concentrer, ou faire un effort de mémoire. Avait-elle peur ? Cela y ressemblait. Mais peur de quoi ? Peur d'un souvenir ? Je n'en aurais pas été surpris, mais ce n'était pas ça.

— Vous avez remarqué quelque chose, n'est-ce pas ?

— On dit que je suis une vieille folle… Que je suis superstitieuse, ce genre d'insinuations. C'est vrai. Mais je me trompe rarement. Lundi soir, à vrai dire assez tôt dans la nuit, j'ai entendu la chouette. C'est exceptionnel, par ici, je crois que c'était la première fois depuis des années. La chouette, voyez-vous… La chouette a… Elle a…

Ananké l'a coupée :

— Le cri de la chouette est réputé annoncer la mort. Celle d'un proche, ou de quelqu'un d'autre, ça dépend. Mais ce sont des superstitions… Les hiboux et les chouettes ont toujours fait l'objet de superstitions. Au Moyen âge, on les cl…

Madame Goth lui a volé la vedette :

— On les clouait aux portes des maisons pour conjurer le mauvais sort. Oui. Mais c'était il y a bien longtemps et plus personne ne croit aux mauvais sorts. Il n'empêche, j'ai entendu la chouette et j'ai pensé… j'ai pensé que la mort rôdait. Oui, la mort *rôdait*. La preuve ! Le lendemain matin, on a découvert ce pauvre homme. La preuve !

Madame Goth semblait persuadée de ce qu'elle disait. Je me suis retourné vers Toumane. Il m'avait expliqué avoir vu la scène, le corps précipité par la fenêtre, et ces « two man » dans le train… J'ai questionné madame Goth :

— Le petit est sorti de la maison, lundi soir ?

— Lui ? Oui, bien sûr. Il sort tous les soirs. Il *sortait* tous les soirs, je dois dire, parce que depuis mardi, pff !!! évaporé ! Sans dire au revoir. J'ai eu de la peine tu sais mon garçon. Je m'étais habituée à toi…

Elle le regardait. Lui caressait les cheveux avec l'affection d'une grand-mère. Il semblait apprécier.

— Il est là, le petit, vous voyez, en pleine forme. Ou presque… Mais revenons à lundi soir. Vous êtes sortie de la maison, vous aussi ?

— Oh non ! Bien sûr que non ! Je ne sors jamais la nuit. Déjà le jour… J'évite. Je sors le matin pour donner du grain aux poules, ramasser les œufs, nourrir les lapins, de temps en temps en tuer un. L'après-midi, je m'occupe un peu du potager, je lis le journal. Voilà mes journées.

Curieuse vie. Je m'interrogeais :

— Comment faites-vous ? Vous ne pouvez pas vous contenter des œufs, de quelques salades et d'un lapin les jours de fête !

— Non, en effet. Une ou deux fois par semaine, je rends visite à madame Petitpied, de l'autre côté de la voie ferrée. Elle vit seule, comme moi. Elle n'a pas tous mes soucis de phobies… Je lui apporte des œufs, des légumes, parfois un poulet ou un lapin, parfois du pâté ou des confitures. En échange, elle me fait mes courses si j'ai besoin. Je n'ai pas besoin de grand-chose, vous savez. Du savon, du dentifrice, une fois le mois. Des habits ou des chaussures, rarement. Du pain. Pas grand-chose… Et puis j'aime bien lire le journal. Il faut se tenir au courant, c'est important. Elle est abonnée à Ouest-France, madame Petitpied, alors quand elle l'a lu, au lieu de le jeter elle me le garde et comme ça j'ai les nouvelles et je peux faire les mots-croisés. Les nouvelles, à moins qu'on nous annonce la fin des temps, elles peuvent bien attendre un jour ou deux n'est-ce pas. Et les mots-croisés n'en parlons pas. Voyez-vous, monsieur Dickens, dans la situation qui est mienne il est hors de question que…

Je n'écoutais plus que d'une demi-oreille. Ananké faisait des photos, en prenant garde de ne pas se faire remarquer. La voix de madame Goth me berçait, m'hypnotisait en quelque sorte. Toumane lui aussi semblait gagné par la torpeur, sa tête reposait sur l'épaule de son ex « logeuse » et il s'était mis à sucer son pouce à la manière d'un bébé. Curieux effet.

— … mais il y a une chose dont il faut que je vous parle. Peut-être que j'ai vu celui qui a appelé les gendarmes. Peut-être, parce que c'est bizarre et si c'est lui il n'est pas bien malin.

J'ai sursauté. Ma demi-oreille n'était pas restée sourde :

— Comment ça ? Vous avez vu quelqu'un ? Mais vous me disiez que vous n'étiez pas sortie…

— Oui ! Le *soir*, je ne suis pas sortie ! Mais le matin si. Mardi. Oh ! la première fois que je l'ai vu je n'ai pas bien fait attention. Il y a des gens qui promènent leur chien, des fois aussi des chasseurs, ou des employés de la SNCF qui inspectent les voies, enfin bref c'est plutôt rare mais je vois du monde de temps à autre, ce n'était pas inquiétant, alors je n'ai pas bien fait attention. Mais il est revenu deux ou trois heures après, un peu avant les gendarmes. Et puis il est parti avant qu'ils arrivent. Ce n'est qu'après que j'ai pensé que c'était pas dieu possible qu'il n'ait rien remarqué.

Elle ne pouvait pas le dire plus tôt ?

— Ah ? C'est intéressant. Vous disiez qu'il n'était pas bien malin ?

— Oui. Si c'est lui qui a appelé les gendarmes il n'est pas bien malin, parce qu'il aurait pu rester là au lieu que nous on vienne avec le petit. On n'avait rien vu, rien entendu !

— Lui non plus, sans doute. L'« accident » a eu lieu le soir, pas le matin…

— Peut-être, mais il aurait quand même pu rester. C'est la moindre des choses non ? On appelle les gendarmes et puis on fiche le camp ? Ce n'est pas très… gentleman, vous ne pensez pas ?

Cet homme serait passé deux fois, et la première fois il n'aurait rien vu ? Possible, après tout. Mais qu'avait-il fait dans l'intervalle entre ses deux passages ? Pourquoi être revenu sur ses pas ?

Nous avons pris congé de madame Goth après les salamalecs d'usage, en promettant que nous ferions en sorte qu'elle puisse avoir la visite de Toumane dans un avenir pas trop lointain.

Jeudi 17 h - Le brigadier-chef Pommier…

… nous regardait avec un air hautain qui me l'a d'emblée rendu antipathique.

Toumane était resté dans la voiture, garée devant la gendarmerie de Saint-Marcellin-les-Cailles. Inutile d'attirer l'attention sur lui. Et puis, il s'était lié d'amitié avec Coco et ne risquait pas de s'ennuyer.

Ananké et moi avions pénétré dans la képitererie avec la ferme intention de tirer au clair cette affaire de coup de téléphone. Qui avait prévenu les gendarmes ? Qui, question liée, avait prévenu Jobard ? Il s'agissait forcément de deux personnes différentes, compte tenu des circonstances. Une dizaine de kilomètres séparait les deux points de chute, et si on avait eu affaire à une seule et même personne, elle aurait appelé deux fois la police ou deux fois les gendarmes, mais pas les uns après les autres. À moins d'être confrontés à un original. Ou autre chose.

Pour madame Goth, un homme était passé par là. Pour Jobard, il était question d'une femme, qui n'avait pas laissé d'identité. Coup de fil anonyme. « Elle causait bizarre », dixit Jobard. Mais pour les gendarmes, qui avait prévenu ? Qui avait eu l'idée incongrue de se promener le long des voies mardi matin ? Promenade à cet endroit, avec ce sol détrempé et quasi impraticable, cette météo abominable ? Hum… Ou alors, un voyageur qui aurait aperçu le corps depuis le train. Peut-on distinguer un corps le long des voies lorsqu'on est passager d'un TER lancé à pleine vitesse ?

Obtenir un entretien avec le brigadier-chef Pommier semblait être un privilège. Le sous-sous-fifre derrière son comptoir nous l'avait bien fait comprendre.

— C'est que… le brigadier-chef est occupé !

J'ai néanmoins demandé combien de temps allait nécessiter l'occupation, précisant que nous venions de Nantes et que nous avions, nous aussi, des impératifs, des enfants à élever, des bouchons sur le périphérique à anticiper, un rosbif à décongeler, bref que nous étions pressés.

— C'est que… vous n'avez pas rendez-vous !

Certes, ai-je rétorqué, mais qu'à cela ne tienne, combien de temps allions-nous devoir patienter ?

— C'est que… c'est difficile à dire. On est en manque d'effectifs.

Nous avons appris que le brigadier Cerruti avait fait un AVC, qu'un certain François avait gagné un séjour aux Canaries à la tombola et que la stagiaire se remettait d'une intoxication alimentaire. Le sous-sous n'était pas en reste question indisposition, même s'il faisait contre mauvaise fortune bon cœur : il souffrait d'un panaris. Passionnant.

J'ai tenté de le questionner :

— Vous pouvez peut-être nous renseigner ?

— C'est que… ça dépend à quel sujet ?

— Au sujet du monsieur retrouvé près de la voie ferrée mardi dernier.

— Ah… Ben ça, j'étais pas de service, mais paraîtrait qu'il était amoché. Pensez ! Un suicide raté, remarquez, avec le train, faut le faire. Dans son malheur, il a eu de la chance. Pourquoi vous demandez ça ? Vous êtes de la famille ?

Ça, c'était la question va-tout. Si je mentais et qu'il nous demandait nos papiers, on se retrouvait dans la mouise. Si je disais la vérité, il risquait de nous jeter. C'est Ananké qui nous a en quelque sorte sauvé la mise :

— Nous sommes journalistes. Un article pour demain… Ça vous dérange si je vous prends en photo ? C'est que… c'est pour mettre dans l'article vous voyez…

Le sous-sous s'est raclé la gorge. Il était à la fois tenté, flatté, et embêté. La porte par laquelle nous étions entrés s'est soudain ouverte et cela a résolu le dilemme dans lequel la suggestion d'Ananké l'avait plongé : le brigadier-chef faisait irruption dans son fief, bedaine en avant et sourcils farouches.

— Brigadier-chef Pommier. C'est pour ?

C'est peu de dire que le brigadier-chef a un physique. Un physique à décourager le plus zélé des caricaturistes : son visage est un champ de crevasses ; chaque centimètre carré regorge de cavités et de bosses colorées dans une variété de gris et de roses ; au milieu de ce terrain cabossé le nez surtout retient le regard, c'est à croire qu'il a sa propre existence, son autonomie, sorte de volcan prêt à exploser, un Vésuve dominant un Pompéien en képi. Le brigadier-chef Pommier, pour simplifier, est laid, mais c'est une laideur qu'on peut se plaire à contempler, tant elle est atypique, extrême, et fascinante.

— Brigadier-chef Pommier. C'est pour ?

Le sous-sous a répondu pour nous :

— C'est que les messieurs-dames sont là pour la personne du train. Le journal…

— Le journal ? *Quel* journal ?

Ton agressif. Mine sévère. Bras croisés, donc déterminés, sur son ventre proéminent. De nuit, l'énergumène doit faire peur. *Très* peur.

— Quat'jeudis.

— *Quat'jeudis* ? Ah oui… Ça existe encore ?

— De plus en plus !

— On a déjà communiqué aux correspondants locaux des grands journaux.

— Oui, sûrement, mais *Quat'jeudis* n'a pas de correspondants locaux. On est trop petits…

— J'y peux quoi ? J'y peux rien. Lisez ce qu'ils ont écrit ! Facile, y a qu'à recopier, ils vous en voudront pas pour ça.

M'énervait, le brigadier-chef Pommier. Le ton était passé de l'agressif au condescendant limite méprisant. Oui, il m'énervait. Déjà, j'envisageais pour lui un rôle de choix dans le numéro à paraître. Ma méthode à moi pour ouvrir la soupape.

— Brigadier… Un pauvre homme est entre la vie et la mort. Pour sa compagne, il est déjà trop tard. C'est important que les journaux en parlent…

J'avais omis de préciser le « chef » derrière le « brigadier » ; il s'est raclé, lui aussi, la gorge, puis m'a toisé :

— Mais… les journaux en ont *déjà* parlé. Que voulez-vous de plus ? Et puis l'affaire est entre les mains du SRPJ, je n'ai plus rien à voir là-dedans. Si on devait faire tout un foin à chaque fois qu'un pauvre type se jette sous un train, on y passerait notre vie !

J'ai fait profil bas :

— Bien sûr. Mais on aimerait comprendre. Comprendre qui a bien pu découvrir les corps, puis vous prévenir. Je compte faire un article qui met en avant tout ce travail que vous faites, vous et la brigade, tout ce travail au service de la population. On ne parle de vous, le plus souvent, que quand ça part en vrille ! Ah çà, une bavure ou une manif qui dérape et on ne vous fait pas de cadeau ! Alors, quand on peut vous donner le beau rôle… Tout ce que l'on souhaite savoir, c'est qui vous a contacté pour signaler l'accident. Il peut rester anonyme, évidemment. Pensez que si vous n'étiez pas intervenus à temps, le malheureux serait sans doute décédé à l'heure qu'il est !

J'avais observé Ananké à la dérobée. Elle avait déjà pris une bonne dizaine de clichés des deux gendarmes. Même si on n'apprenait rien sur le témoin, ce serait déjà ça. Le brigadier-chef Pommier, lui, s'est un peu calmé :

— C'est vrai. La critique est aisée, mais l'art est difficile, n'est-ce pas. Qui nous a contactés ? Je n'en ai pas la moindre idée ! C'est le brigadier Juvier qui a reçu l'appel. Une voix d'homme, mais qui n'a pas laissé son identité, ni de numéro pour qu'on le rappelle ou quoi que ce soit permettant de l'identifier. Les gens se méfient, maintenant, avec les attentats et tout ça. Vous voyez, il n'y a rien qu'on puisse faire pour votre article.

Ils ont bon dos, les attentats. Ils ont bon dos, les appels anonymes.

— Tout de même, vous pouvez nous dire à quelle heure il a reçu l'appel ?

— Ça oui. Il était sur le coup des huit heures. Du matin. On peut trouver l'heure exacte. Tout est noté, vous savez.

— Merci. Ce sera inutile. Nous ne sommes pas à la minute…

— Moi si.

Il nous a plantés là.

Sur le coup des huit heures… Jobard, lui, m'avait appelé vers midi. À ce moment-là, il ne devait pas être sur place depuis plus d'une demi-heure. Il avait dû quitter Waldeck – ou peu importe l'endroit où il était au moment où il avait reçu l'appel – moins d'une heure avant. Ce qui impliquait un appel vers dix heures trente pour la découverte du corps de Clara Boudringhin.

Quelque chose clochait. En contemplant le large dos du brigadier-chef Pommier s'engouffrant dans ce que j'imaginais être son bureau, je cogitais. Oui, quelque chose clochait. Mais quoi ? Quelqu'un avait averti Waldeck vers dix heures trente. Bien. Quelqu'un d'autre avait appelé la gendarmerie, dixit le brigadier Juvier, vers huit heures. Bien.

Mais… Oui, quelque chose clochait. Je me suis retourné vers le sous-sous tandis que Pommier disparaissait dans son repaire :

— Il est visible, le brigadier Juvier ?

Hésitation.

— C'est que… Je ne sais pas. Faudrait lui demander.

— Oui, bien sûr, c'est une bonne idée. Et… vous pourriez lui demander ?

— Lui demander quoi ?

— S'il est visible !

« *L'intelligence a des limites, la bêtise n'en a pas.* » disait Claude Chabrol. J'ai tenté de faire mentir le cinéaste en précisant ma requête :

— S'il est visible, et par la même occasion, s'il peut nous recevoir. Tant que vous y êtes, et si le brigadier est bien disposé, lui poser la question de ce qu'il a… Non. Non, ça on lui demandera en direct. Je résume, parce que ça va être un peu compliqué… Voilà : le brigadier Juvier est-il visible, réponse A, ou n'est-il pas visible, réponse B ?

Là, je poussais le bouchon un peu loin. Ananké s'est retournée, prise de fou rire.

— C'est que le brigadier Juvier s'est absenté !

Je n'avais pas trouvé la limite. Mieux valait rebrousser chemin avant de nous noyer dans cet océan de stupidité.

Il restait moins d'une semaine pour boucler *Quat'jeudis*.

Vendredi 11 h - Jobard au bistrot...

... ça fait partie du boulot.

On s'est retrouvés au *Marin qui Fume*, un bar discret dans une ruelle du quartier du Bouffay. Une de nos vieilles habitudes. Il y a toujours du monde, au *Marin qui Fume*, c'est pour ça que c'est discret. Il y a toujours du bruit, au *Marin qui Fume*, alors on peut discuter sans se faire remarquer. La musique est catastrophique. Le patron – le *nouveau* patron parce que le vieux, le vrai, le fondateur, celui d'avant, est mort d'une cirrhose avec complications pulmonaires, conséquence prévisible de décennies d'excès – le patron, donc, s'appelle Tournesol et il est sourd comme un pot. Ce n'est pas son vrai nom, mais je n'ai jamais entendu qui que ce soit l'appeler autrement que Tournesol. La ressemblance avec le personnage d'Hergé est indiscutable ; il la cultive, cette ressemblance, même s'il s'en défend, au point qu'une partie de sa clientèle est composée de curieux que le bouche-à-oreille a attirés dans sa taverne. La musique est catastrophique et les paroles sont à la mesure ; de la variété française bas de gamme, alors on comprend tout. Enfin, on comprend les mots. Terrible, ça, parfois, de comprendre les mots. C'est à se demander ce que certains chanteurs à la mode et les requins qui gravitent autour ont dans le ciboulot. La règle est : il faut caser un maximum de soupirs mielleux, il faut caser des *Je t'aime* ou mieux des *I love you* partout, quelques incontournables *Yeah* bien de chez nous, des *Set me free* ou des *Babe* histoire de boucher les trous, et bien sûr, cerise sur le gâteau, le tout servi avec une voix de fausset pire que Juvet. La musique adoucit les mœurs ? Des clous !

Jobard se fiche de la musique et en cela je le rejoins. Une fois par semaine, en général, on se fixe rendez-vous au *Marin qui Fume* pour « faire le point », comme il dit. Dans les entreprises, maintenant, on ne fait plus le point. On *débriefe* et ça se passe grâce à un *call* suite à un *mail* qu'on a *forwardé*. Sic. Pas de ça avec Jobard, c'est un de ses bons côtés. Échanges de bons procédés. Trocs de tuyaux. La règle est simple : si je lui annonce que je peux lui dépatouiller ou lui apporter une affaire, il me rend la pareille. Si je n'ai rien à lui confier de valable, il ne me refile rien. Si ce que j'ai à lui donner ne l'intéresse pas, même résultat. Et c'est toujours moi qui paye. Un Martini pour lui, un Picon bière pour moi. Avec des bretzels, Jobard est intransigeant sur les bretzels. On remet une tournée ou deux si l'échange a été fructueux.

— Alors, Kant ?

— Alors, j'ai du lourd. J'en causerai dans le prochain *Quat'jeudis*, mais si tu veux gagner du temps…

— Déballe.

— La mémé qui s'est fait saccager son appartement… Avec vol de bijoux, de liquide, de voiture, vidage de compte bancaire et ainsi de suite. Tu situes ? Oui, tu situes. Elle s'est évaporée. Elle a été enlevée et ses enfants craignent le pire. Genre on retrouve le corps dans la Loire ou dans une décharge quelconque. Ça t'intéresse de savoir qui a fait le coup ?

Depuis quelque temps, je m'évertuais à caser un « genre » de temps à autre, au détour d'une phrase. C'était devenu tendance. Il allait falloir que je me mette au « et tout ». Genre je fais jeune « et tout ». Puis je compliquerais l'exercice en insérant le « du coup » devenu incontournable si on ne veut pas passer pour un marginal. *Je suis allé au ciné, du coup j'ai vu un film genre trop bien et tout.*

Jobard, encore une fois, se fichait de mes exercices de diction :

— Tu as des preuves ? Des noms ? Tu sais où est le cadavre ?

— Affirmatif. Tu sauras ça en achetant ton prochain *Quat'jeudis*. Ou avant, si…

— Si *quoi* ?

— Le double « suicide ». Tu ne m'as pas tout dit. Oh non, tu ne m'as pas tout dit !

— Tu veux savoir quoi ?

— Qui a découvert les corps. Entre autres. Mais déjà ça, qui a découvert les corps. Et accessoirement comment il se fait que tu te sois retrouvé si vite sur les lieux. Et pourquoi toi et pas les gendarmes, comme pour la fille.

— Je te l'ai dit. Coup de fil anonyme.

— Tss tss… Pinocchio ! Ton nez s'allonge ! Vous avez noté le numéro appelant, non ? Et vous avez les moyens de le retrouver, ce numéro. Donc, de désanonymiser l'appel. Je me trompe ?

Il a ignoré l'argument. Et il y est allé de son boniment :

— Pour le second corps, le garçon, c'est la vieille foldingue qui a appelé.

— Ah bon ? Elle a appelé Waldeck, c'est ça ?

— Faut croire.

— Faut croire rien du tout. Tu sais pourquoi ? Elle n'a pas le téléphone. Et même si elle en avait un… Tu sais quoi ? Je te trouve très louche dans cette affaire. Très. Et maladroit. Tu caches des choses, et en même temps tu m'appelles à peine le premier corps découvert. Curieux. Non, louche, c'est le bon mot. Je me trompe ? Non, je ne me trompe pas. Alors, pour la mémé évaporée, tu veux savoir ?

Il a réfléchi. Commandé un deuxième Martini. L'histoire de la mémé le tentait, c'est vrai qu'il était dans l'impasse, il avait la famille sur le dos et il enrageait à s'imaginer que j'avais démêlé l'embrouille.

— Écoute, Kant. Laisse tomber. Tu as raison sur un point. Non : deux. Il y a du louche. Et je ne te dis pas tout. Mais ça vaut mieux pour toi et pour moi. Crois-moi. Ce serait infiniment plus simple pour tout le monde si on en restait là.

— Non. Je finirai par savoir. Et tu le sais. Alors, aujourd'hui ou demain… Ou dans un mois… Quelle différence ? Qui dirige l'enquête ?

— Rouzès. Un type réglo.

Rouzès. Le procureur Jean-Eudes Rouzès… Il avait en effet la réputation d'être réglo. Sévère, mais juste.

— Il a toutes les billes, Rouzès ? Parce que franchement, rien qu'avec ce que j'ai vu…

— Il a toutes les billes. Rapport du légiste, premiers constats et tutti quanti. Tout.

— Et il te suit dans ta version « suicides »…

— Oui. À cent pour cent. D'ailleurs, il n'y a plus d'affaire. C'est classé. Oublie, Kant, conseil d'ami.

Classé ? *Classé* ? J'ai réfléchi. J'ai « pensé ». J'ai pensé que Rouzès n'était pas un avaleur de couleuvres, qu'il n'était pas né de la dernière pluie. Je n'ai aucune affinité pour le personnage, trop vieille France à mon goût, et trop… Enfin, trop quelque chose, mais pas assez pour se laisser berner par le premier Jobard qui circule. Ou alors il était trop occupé par les affaires à tire-larigot générées par le projet d'aéroport et les « bavures » de tous poils qui en découlaient. Quelques casseurs interpellés, ça c'est du tout-venant, mais aussi quelques blessés parfois graves parmi des manifestants en grande partie on ne peut plus pacifistes, voilà qui occupe son homme quand il a le cœur à ce que justice soit faite. Ou devrait.

— Ce n'est pas un suicide, Jobard, et tu le sais aussi bien que moi. C'est un homicide. Un homicide et une tentative d'homicide. Pourquoi tu n'insistes pas ? C'est ton nouveau chef qui bloque ? Le commandant comment, déjà ?

— Calumet. Thierry Calumet. Mais on l'appelle le Sioux. Tiens, le voilà ton tuyau !

— Le Sioux ? Et tu trouves ça rigolo ? Il a épousé une mademoiselle Comanche, non ? C'est lui qui coince ? Il veut truander les statistiques ? Ou quoi encore ?

— C'est pas le genre à tricher. Il est trop peureux.

Jobard a le chic pour hériter de supérieurs au rabais. Ou peut-être qu'il a tendance à les déconsidérer. Je crois qu'il a à la fois un complexe – il n'est *que* lieutenant – et une dose exagérée de mépris pour ceux qui ne sont pas « terrain », comme lui. Je ne résiste pas à surenchérir question jeu de mot vaseux :

— Peureux ? Vraiment ? Bon, du moment qu'il te fiche la paix… Hein… Tu piges ? Calumet… Mais si ! Le calumet de la paix ! Ok, laisse tomber. Bon, pour la mémé, tu veux ou tu veux pas ?

Il a levé les yeux au ciel, poussé un soupir qui en disait long. Long sur quoi, je ne sais pas, mais long.

— Rien à carrer, de tes tuyaux de mémés. Et tu sais quoi ? Je sais où elle est, ta mémé. N'hésite pas à publier ! C'est du qui fait vendre, un truc pareil. Tiens, si je voulais être vicelard, je déballerais l'embrouille à tes concurrents. Aux « grands »… Et tu l'aurais dans l'os pour ton exclu. Mais c'est pas mon genre.

Est-ce qu'il savait vraiment, pour la vieille dame ? Sacrée mémé. À quatre-vingts ans passés, elle a simulé son propre enlèvement, avec fausse demande de rançon, faux cambriolage de son appartement, mais vrai vidage de ses comptes en banque. Au profit… d'elle-même, partie en croisière à vie sous une fausse identité de veuve fortunée, à bord d'un de ces monstres des mers qui pullulent désormais sur les côtes, chargés de touristes entassés mais heureux de se prendre un temps pour des Tabarly. Elle est mieux qu'en maison de retraite, bien mieux, ça lui coûte à peine plus cher et elle est débarrassée de ses enfants et de toute la smala des pièces rapportées qui trépignent pour un héritage qu'elle est en train de prendre un malin plaisir à dilapider. Oui, sacrée mémé.

— Mon bon Jobard… Écoute-moi bien. Ouvre grand tes oreilles, déplie tes écoutilles, secoue ton neurone. Que tu le veuilles ou non, je vais faire la une du prochain *Quat'jeudis* sur ton « double suicide ». Ce que je vais mettre dedans, ça ne sera pas du miel pour toi si l'affaire reste classée tel quel. Plutôt du fiel. Le suicide, après ce que je vais déballer, personne n'y croira. Personne n'y croira et tout le monde va orienter son regard vers qui ? Vers la police. Donc, vers toi, Jobard. Et tu vas voir rappliquer le ban et l'arrière-ban des toutous de la presse locale, et bientôt les autres qui vont flairer le coup fourré et radiner à Nantes pour te braquer leur micro sous le nez.

Là, je m'avançais un peu. Un peu beaucoup. Parce qu'en dehors de mon intime conviction je n'avais aucun argument de poids à présenter. Je n'avais à vrai dire que des éléments « troublants » et c'était insuffisant. Il me fallait des billes, et j'avais ma petite idée quant à l'endroit où je pourrais en dénicher :

— C'est qui, le légiste ?

— Merliton-Daubrieux. Tu connais…

— Oh oui ! Et… Elle dit quoi, ma légiste préférée ?

— Je n'en sais trop rien. C'est le procureur qui a reçu le rapport.

Juliette Merliton-Daubrieux est un phénomène. Si quelqu'un au monde ne ressemble pas à l'idée que l'on se fait d'un légiste, c'est elle. Il fallait que je lui rende une petite visite.

Jobard s'inquiétait, mais, en apparence au moins, pas plus que ça :

— Tu vas me citer, dans ton article ?

— Je vais me gêner !

— Peu importe, au fond. Mais ça risque de faire du mal. Du mal là où tu n'imagines pas.

— Nous y voilà ! Allez, déballe. Si tu me dis tout, et si ce tout me montre qu'il ne faut pas publier parce que ça fait trop « mal », alors je ferai la une sur autre chose. Seulement voilà, il me faut du tangible, du concret, du justifiable. Du vrai de chez vrai.

Il a réfléchi. C'est beau, un Jobard qui pense. Ça fait un peu… improvisé, mais c'est beau. Rare, aussi. Sa réflexion a peu duré, et n'a pas mené loin :

— Je verrai.

Il s'est levé. S'est dirigé vers la sortie. S'est retourné après quelques pas :

— Je verrai. D'ici là, Kant, un conseil : surveille tes arrières. J'en connais qui ont plus à craindre que moi, rapport à ton article. Et qui s'y frotte s'y pique.

Et voilà mon Jobard qui se fend d'un clin d'œil. C'était nouveau, ça, le clin d'œil. Complices, nous ? Jamais.

Quoique.

Je l'ai regardé disparaître vers le tramway.

J'étais prévenu, j'allais surveiller mes arrières.

Vendredi 12 h - Il s'appelle Maroni…

… comme les Indiens, sauf qu'il est déplumé et que ses calumets il se les roule avec des mégots de trottoir. Il ne manque pas de bagages, au propre comme au figuré. Un plein caddie, il en a, des bagages. Maroni est clochard. C'est mon informateur préféré pour le quartier de la gare. Il a lu Hamlet dans le texte et potasse le Canard Enchaîné chaque mercredi, pourtant il vit de la manche. Et de quelques extras auxquels je contribue.

Avant de rentrer retrouver Ananké et Toumane pour le déjeuner, j'ai fait un détour pour m'entretenir avec Maroni là où je suis à peu près sûr de le trouver, dans son QG favori : la terrasse du café des Plantes, face au jardin du même nom à la sortie Nord de la gare de Nantes. Maroni est copain avec les serveurs. Il est copain avec tout le monde. C'est son sourire qui lui vaut ça. Et sa gentillesse. Plus le fait que tout clodo qu'il soit, il est sobre, propre sur lui, même s'il arbore une tignasse et une barbe qui en disent long sur sa condition et que ses vêtements ont connu des jours meilleurs. Meilleurs, et lointains. Son caddie, la journée, il le met à la « consigne », comme il dit. Cadenassé, enchaîné à une grille du jardin des Plantes, avec, pour assurer l'étanchéité du contenu et se prémunir des vols, une bâche amarrée à l'engin. Allez savoir ce qu'il fourre là-dedans.

Je me suis installé en terrasse, face à Maroni qui m'a souri. Clément, le barman de service, m'a vite repéré et mon Picon était déjà en phase d'approche.

— Tu reprends quelque chose, Maroni ?

— Si c'est de bon cœur… Sa Majesté aimerait un Perrier. Rondelle. Frais, hein, Clément !

Clément a grimacé. Est-ce qu'il a une tête à servir du Perrier rondelle tiède ?

— Alors, Kant, quoi de neuf ? La mémé kleptomane, t'as fini par la fixer ou bien ?

— Niet. Elle a dû prendre des vacances. Ou clamecer. Va comprendre, avec les mémés.

— Tu l'as dit bouffi ! Les mémés, c'est faux derche. Les pépés aussi, note. Faudrait pas vieillir, ça rend faux derche. Pas que ça rend faux derche ?

— Je sais pas. On manque de statistiques. À mon avis, ça doit être plus ou moins de naissance, mais ça peut aussi apparaître pendant l'enfance, question d'éducation.

J'adore les affaires de mémés. On n'en parle pas assez. Moi, peut-être trop. Je fais une légère fixette sur les mémés… J'en ai rencontré, des vieilles qui cachaient des secrets ! Toutes sortes de secrets. Du plus sordide, comme celle qui avait asphyxié son mari tétraplégique avec les gaz d'échappement de sa motocyclette, jusqu'au plus drôle, telle cette nonagénaire qui traquait les couples adultères armée d'un Polaroïd et les faisait chanter : son silence en échange… d'un dîner aux chandelles dans un grand restaurant avec le mari volage. Oui, j'ai un faible pour les vieilles dames. Maroni, lui, aime tout le monde, mais les chiffres très peu pour lui :

— Les statistiques, c'est du flan. On te fait gober des menteries à longueur de journée. Tiens, pas plus tard que cette semaine ! À la radio. Qu'est-ce que j'entends ? Hein ? Ouais, dis pas oui tout de suite, tu peux pas savoir. J'entends ça : « *Près de la moitié des Français se disent plutôt malheureux.* » Bon, c'est une statistique. Le clampin moyen retient : « *Putain, presque la moitié des gens sont dans la merde noire.* ». Pas ? Pas qu'il retient ça ? Bon. Ben tu prends le truc dans l'autre sens, le même truc, hein, mais vu par une autre chaîne radio de mes deux. Il dit quoi, le journaleux ? Il dit : « *Plus de la moitié des gens se disent heureux.* » Alors ? Alors ? Alors, le clampin moyen, il retient…

Trêve de baratin. J'ai sorti la photo de l'Homme de fer, l'homme en fauteuil du train Rennes-Nantes. Je l'ai posée devant Maroni. Il a regardé.

— C'est marrant, ta photo. Elle est prise d'où ?

— D'un train.

— C'est marrant.

— Quoi ? Qu'est-ce qui est marrant ? Tu le connais, ce type ?

— C'est marrant, elle est prise un peu de par en dessous. Il est nain ton photographe ou bien ? Je dis ça, j'ai rien contre les nains, note. Mais c'est marrant.

Il est fin observateur, Maroni. Ça, je le savais déjà. Rares sont ceux, parmi les très nombreux qui le fréquentent, à connaître son passé. Maroni, avant de devenir ce clochard goguenard, ce pauvre type bien brave mais un peu collant, ce boute-en-train marié avec le Jardin des Plantes, eh bien Maroni avait été reporter. Reporter indépendant, photographe de talent, il avait sillonné le monde, crapahuté dans ses endroits les plus sombres, jusqu'au jour où un sniper avait eu sa grande carcasse dans la croix de son viseur. Il ne s'en était jamais remis.

— Hein ? Il est nain ou bien ?

C'est vrai que la photo avait été prise « de par en dessous ». L'appareil était dans la main d'Ananké, laquelle avait laissé son bras ballant pour photographier Maximilien. Discrète, Ananké.

— Kant ? T'es là ? Hé ho !

— Pardon. Je rêvassais. Ce mec, tu connais ou tu connais pas ? Il y a deux billets en jeu.

— Tout dépend deux billets de quoi. De cinquante ?

— Ne rêve pas. Deux de dix. Et encore, si tu as de belles infos.

— Ben dis donc, c'est pour un article au rabais alors. Tu baisses… Tu te souviens l'an passé ? L'article sur les ripoux de la mairie qui piquaient des caisses de mousseux du nouvel an des vieux ? Qui est-ce qui t'avait tuyauté, hein ? Dis, quand est-ce que tu parles de moi dans ton canard ? Hein ? Pas que j'ai vocation à faire star, note, mais une petite photo, même en dernière page, ça me ferait une sorte de curriculum, comme les gens comme il faut ! Alors, oui, je le connais, et je t'en donne pour quatre billets. À prendre ou à laisser.

J'ai sorti mon portefeuille. En ai extirpé trois billets de dix euros. Maroni a encore souri. De plus belle. Et il a empoché. Puis il a sorti ce qu'il croyait de nature à me surprendre :

— Il s'appelle Maximilien.

— Ça, je savais déjà.

— Il prend le train tous les jours de la semaine. Jamais vu le week-end. Un travailleur comme les autres, quoi. C'est pas parce qu'on est en fauteuil qu'on peut pas gratter ! Pour le patron, ça fait une économie de mobilier ! Me demande pas où il va, je sais pas. Je sais pas tout !

— Dis déjà ce que tu sais. Ça ira plus vite qu'énumérer ce que tu ne sais pas.

— Pas con, ça. Ben voilà. Il prend le train ici chaque matin, vers sept heures et quart, dans ces eaux-là. Et il revient vers les neuf heures du soir, dix heures, ça dépend. Doit pas avoir des horaires fixes. Ou alors il va traîner quelque part après le boulot. Au bistrot. Ou alors autre chose. Il fait bien ce qu'il veut. Qu'est-ce qu'il a fait ? Ou pas fait ? T'es pas obligé de me répondre, note. Si tu veux savoir où il crèche, je peux le suivre et te dire. Suffit de le suivre. Doit pas aller bien loin, parce qu'il part sur sa carriole. Qu'il pleuve, qu'il vente, qu'il neige ou qu'il caille, c'est carriole. Remarque, ça prouve pas, note. Ça prouve pas qu'il soit du quartier. C'est peut-être un sportif. Il a pas le physique, mais peut-être. Des fois, on a des surprises. Regarde Clément. Il a du bide. Si si, il a du bide, en été ça se remarque, ça lui fait comme une bouée. Ben Clément, il est ceinture noire de je sais pas quoi, un truc chinois, ou japonais je sais pas, mais un truc de bagarre avec un nom à coucher dehors. Un « art martial », on dit. Pas qu'on croirait pas ?

Clément a un durillon de comptoir à la commence, c'est un fait.

— Ok Maroni. Demain, ce soir, ou dès que tu pourras, suis-le. Je repasserai pour l'adresse. Autre chose ?

— Si peu… La mémé kleptomane… Ben…

— Ben quoi ?

— Ben elle s'est pété le col du fémur. C'est pour ça, elle est comme qui dirait en arrêt-maladie. Tu la trouveras chez elle. 6, rue des Hêtres. Au troisième. Pas pratique, avec le squelette en vrac, le troisième. Moi je dis, passé un certain âge, les rez-de-chaussée y a que ça de vrai. T'as plus de chances de te faire cambrioler et t'as moins de soleil, mais en cas de col du fémur pété ben t'y trouves ton compte.

— J'irai lui rendre visite.

— Planque ton larfeuille alors ! Parce que fémur pété ou pas fémur pété, elle a la main leste la gueuse. Elle serait fichue de me taxer mon caddie ! S'rait pas déçue, note…

— J'y penserai.

— C'est ça, pense.

J'ai expédié mon Picon bière et levé le camp en laissant un billet. Tant pis pour la monnaie. Maroni est gentil, mais il a tendance à monopoliser le temps de parole avec ses exploits de pacotille. Des histoires à raconter, il en a des tonnes. Il les ressort, les ressort tant et tant qu'au fil des années elles se transforment. Elles mutent. Le temps enjolive les histoires de Maroni, il les lisse, il les polis. Il a ses histoires d'hiver, quand il gagne trois francs six sous à jouer les Père Noël aux Galeries ; c'est fou ce qu'il peut s'en passer des choses dans la vie d'un Père Noël de grande surface. Celles de printemps, période où on le trouve parfois métamorphosé en œuf de Pâques géant dans l'allée centrale de Paridis, centre commercial de la périphérie nantaise, haut lieu de passage et de brassage des populations déprimées, et donc dépensières. En été, Maroni remplace souvent Pedro le Latino, en temps de disette tireur de calèches à ânes du jardin des Plantes. Et en automne Monsieur se repose, prend des vacances et se prélasse aux terrasses. Il devient alors un observateur hors pair. Rien ne lui échappe.

Allez hop, direction la rue des Vieilles-Douves. J'avais faim et du pain sur la planche. J'ai marché vers le château des Ducs de Bretagne, que j'ai longé avant de rejoindre le quartier du Bouffay, centre historique et piétonnier de Nantes, puis la place Royale. J'aime ce quartier, toujours animé. Il est bien rare que je n'y croise pas quelques connaissances.

Dans ma poche, mon téléphone a vibré. Une fois, deux fois, trois fois. Un appel. Je me suis assis sur le muret qui entoure la statue d'Amphitrite[4] qui se dresse au centre de la place. J'ai décroché. Bizarre ça. Je dis toujours « décrocher », comme on décrochait vraiment les téléphones il n'y a pas si longtemps. On ne décroche plus les téléphones. On… On je-ne-sais-pas-quoi, on fait glisser son doigt sur l'écran. On « répond », quoi.

J'ai répondu, donc, et en quelques secondes l'affaire des « suicidés » a pris un horizon un brin plus dégagé.

---

[4] Déesse de la mer et épouse de Poséidon.

Vendredi 12 h 30 - Ananké ! On file chez les vieux schnocs !

— Quels vieux schnocs ?

— Les parents de la petite. Clara.

— La petite, la petite… Elle me rendait quinze ans !

— Plus pour longtemps. On y va !

— Qu'est-ce qui se passe ?

— Du neuf. Du qui va nous remplir le prochain numéro. Ils ont reçu du courrier et ils m'ont appelé. Allez hop ! Dégrouille, on file dans les beaux quartiers !

En rentrant du café des Plantes, arrivé dans mon deux-pièces, je suis tombé sur Ananké, avachie sur le clic-clac, en train de lire une aventure de Tarzan. C'est comme ça, les études de com' ? Tarzan, l'homme-singe, sexe-symbole des années vingt, en a fait fantasmé plus d'une, c'est vrai.

Toumane quant à lui avait déniché un vieux puzzle de deux mille pièces représentant un coucher de soleil en bord de mer. Le genre de truc à rendre dépressif un moine bouddhiste. Il avait avancé, le bougre, mais sur le tapis du séjour, déjà pas bien grand, alors ça prenait de la place. Un bord de mer, pour lui, ça devait faire rêver. Il ne l'avait sans doute jamais vue, la mer, du haut de ses dix ans. Je me suis demandé quel serait l'équivalent de ce paysage pour un Français moyen comme moi ? C'est quoi, mon coucher de soleil en bord de mer à moi ? Là, comme ça, je ne savais pas. Avantage Toumane : il en avait un, lui.

Mon téléphone avait vibré place Royale, alors que je revenais de ma visite de courtoisie à mon « ami » Maroni. Un bon point pour Ananké, elle avait pensé à laisser ma carte aux parents de Clara, les Boudringhin. Ce que la mère m'a raconté, entre deux *snif* et deux *mon Dieu* m'a d'abord laissé perplexe, puis intrigué, puis comblé. À quelque chose malheur est bon.

Ananké s'est levée et a enfilé sa parka. La pluie s'était remise à tomber.

— C'est loin ?

— On prend l'escalier, puis la rue, puis on marche. Dans cinq minutes on y est.

— Pas de Titine aujourd'hui ?

— Pas de Titine aujourd'hui. Elle n'aime pas l'eau. Et les essuie-glaces ont chopé un lumbago. De toute façon, on ira plus vite à pied.

— Ben dis donc. Un lumbago ? Les deux essuie-glaces le même jour ? Je ne savais pas que c'était contagieux, le lumbago.

— Pour les Titine, si.

J'ai improvisé quelques signes à Toumane pour lui expliquer notre projet de sortie. Il n'avait pas grand-chose à se mettre sur le dos, juste cette espèce de blouson rapiécé avec lequel il est arrivé, mais hors de question de le laisser seul à l'appartement pour le moment. Il allait falloir que je pense à l'habiller en propre, le gamin.

Le trottoir nous a accueillis à bras ouverts. En quelques minutes, le ciel était passé d'à peine couvert au déluge. Il faisait un temps à ne pas mettre un Nantais dehors, c'est dire. Ananké s'est informée :

— C'est quoi, le courrier qu'ils ont reçu ?

— Un paquet. Enfin, une grosse enveloppe. Dedans, la carte d'identité de Clara. Et une feuille de papier avec une liste de noms. Bizarre, non ?

— Plus que bizarre. Et ils t'ont prévenu toi… Pas la police ?

— Ils n'aiment pas la police, faut croire. Et je peux comprendre.

Toumane semblait se contreficher de la pluie. Il en avait vu d'autres, sans doute. Ses yeux se braquaient dans toutes les directions, de droite à gauche, de haut en bas ; parfois il s'arrêtait une ou deux secondes pour scruter le contenu d'une vitrine. Émerveillé ? Ça y ressemblait.

Après deux minutes de marche qui en parurent vingt tant il pleuvait, puis une cinquantaine de marches d'escalier douteux mais propre, nous sommes arrivés devant la porte de monsieur et madame Boudringhin.

J'ai toqué et sonné. Des pas. On nous a ouvert.

— Madame Boudringhin ?

— Monsieur Dickens ?

— Lui-même, et ma collaboratrice, Ananké, que vous connaissez. Et voici mon neveu Toumane.

— Entrez.

On est entrés. Ça sentait le poisson. La friture. Chez les Boudringhin, vendredi implique poisson, c'est la tradition. Il faisait chaud. Il faisait moite. Envie d'une bière.

— Par ici…

On l'a suivie d'un pas lent sur un parquet grinçant.

Elle nous a désigné le canapé. On s'est assis.

— Mon mari est sorti. Il a beau pleuvoir, il faut qu'il fasse son tiercé. Même depuis…

J'ai compati.

— Vous avez reçu un courrier, vous me disiez…

Elle a opiné. Elle opinait « triste ».

— Oui. Tenez.

Le courrier était sur la table basse qui d'ordinaire reçoit les verres pour l'apéro, ou les pieds de Monsieur quand il regarde la télé. Elle me l'a tendu.

— C'est…

J'ai ouvert l'enveloppe. Une carte d'identité. Et un papier sur lequel était inscrit :

Ils étaient là, ce lundi-là :

Jérôme Monteil

Martine Le Noan

Sylvie Aubry

Maximilien Gorsse

Claude Le Guen

Malik Lachèze

Bastien Pardessus

Ils étaient là. Dont moi. Ils ont tout vu.

J'ai lu à haute voix. Pour Ananké.

Intéressant. Lundi. Le jour des « suicides ».

La carte d'identité était celle de Clara Boudringhin. Je l'ai tendue à ma coéquipière.

J'ai retourné l'enveloppe. Pas d'expéditeur. Je l'ai retournée à nouveau. La lettre était pré-timbrée, mais pas affranchie. L'expéditeur s'était déplacé.

J'ai fixé madame Boudringhin. Elle m'a interrogé du regard.

— Vous l'avez trouvée dans votre boîte aux lettres ?

— Oui. Ce matin. C'est… terrible.

Le mot était juste. Terrible.

Qu'est-ce que cela signifiait ? Cela signifiait que « Dont moi » avait tenu à faire part aux parents de Clara « qu'ils étaient là », dont lui, et « qu'ils avaient tout vu ». C'est quoi, au juste, « tout ». « Tout », ça peut être n'importe quoi. Avant « tout », j'aurais aimé savoir « comment ». Suicide ou… J'ai regardé Ananké. Elle louchait sur une dernière goutte qui refusait de dégringoler du bout de son nez. Elle s'est secouée :

— Kant, tu penses comme moi ? C'est l'agresseur, ou un des agresseurs, qui a déposé ça ? Mais pourquoi ?

— Hum… Sûrement pas un agresseur. Plutôt un témoin qui n'a pas osé se présenter, mais qui veut tout de même réagir. Ce qui est curieux, si c'est bien de cela dont il s'agit, c'est qu'il s'auto-dénonce, entre guillemets, parce que son nom est sur la liste. Étrange. Et puis comment a-t-il eu la carte d'identité ? Et les autres noms ? Encore plus étrange.

Nous avons pris congé de madame Boudringhin, en emportant la liste des « témoins ». J'avais pris la précaution de la glisser dans une enveloppe. Au cas où, pour les flics ; il pouvait y avoir des empreintes.

La pluie avait cessé.

— Ananké, je vais te demander de rechercher ces gens. Annuaires, Google, Facebook, Twitter, etc. C'est bien le diable si on n'en retrouve pas au moins la moitié.

— On leur rendra visite ensemble ?

— On avisera. Mais avant ça, je t'emmène là où tu n'as sans doute jamais fichu les pieds.

— Bien chef ! On mange avant ?

— Vaut mieux pas. Crois-moi, vaut mieux pas.

Vendredi 14 h 30 - Une visite dans l'antre d'un légiste…

… surtout quand elle s'appelle Juliette Merliton-Daubrieux, ça vaut son pesant de nougats. Nous n'avions pas déjeuné, c'était préférable.

À Nantes, l'Institut Médico-légal se trouve au CHU. Moins j'y vais, mieux je me porte, mais d'un autre côté mes visites sont toujours motivées par une affaire qui sort de l'ordinaire. Et puis, entre Juliette et moi, il y a du sentiment, de l'estime, un brin d'admiration, et quelque chose de l'ordre du télépathique qui ne s'explique pas.

À l'accueil, c'était une nouvelle, occupée à engloutir un paquet de chips. Mazette ! Elle avait une tête de bourreau. La tête de l'emploi, quoi. Une bourelle ? Une bourrotte ? Non, ça ne se dit pas. Bourreau, c'était un travail d'homme. Ingrat. Les bourreaux ont de tout temps vécu en marge de leurs semblables. Des parias. Les fils de bourreaux épousaient des filles de bourreaux et leurs descendants mâles n'avaient guère le choix dans leurs études : ils devenaient bourreaux, ou rien. Les descendantes, elles, devaient aller chercher l'âme sœur, ou plutôt frère, du côté de qui vous avez deviné.

Bref, la fille de l'accueil avait une sale binette et le bagout qui allait avec :

— Et c'est pourquoi au juste que vous voulez voir le docteur Merliton ? Vous avez rendez-vous ? Elle ne reçoit personne sans rendez-vous.

En règle générale, les hôtesses d'accueil, comme celles de l'air, sont recrutées sur des critères parmi lesquels le physique, le sourire, le parler figurent en bonne place. Mais si Juliette Merliton-Daubrieux se substitue aux recruteurs, les dés sont pipés. Elle les sélectionne à son image, QI mis à part, et parmi les qualités recherchées doit se trouver la capacité à faire fuir les visiteurs non désirés.

— Appelez le docteur Merliton et dites-lui que Kant est là. S'il vous plaît.

— Mais... on ne la dérange pas comme ça ! Kant comment, d'abord ?

— Tout court. Kant tout court.

J'ai pris le combiné et l'ai fourré dans ce qui lui servait de main. Des bagues, presque à chaque doigt, tentaient de faire barrage au processus de dilatation à l'œuvre. En vain. Bientôt, ces ersatz de bijoux disparaîtraient, engloutis sous les chairs, trésors enfouis témoins d'un passé lointain où la dame s'empiffrait moins.

— Appelez. Maintenant. Après, ce sera trop tard. *Vraiment* trop tard. Vous comprenez ?

Parfois, un ton ferme et déterminé vient à bout de toute résistance. Tout dépend avec qui. Elle a appelé. On est montés.

Ananké était intimidée. C'était la première fois qu'elle rencontrait un médecin-légiste. Pour elle, un légiste, c'était quelqu'un de sérieux, de grave, qui s'exprime avec mesure et un brin de condescendance tant son art est mystérieux. Pensez donc ! Faire causer un mort, il n'y a que les légistes et les spirites tourneurs de table pour accomplir l'exploit.

C'est peu de dire qu'Ananké est tombée des nues. J'avais fait exprès, je ne l'avais pas prévenue. Ça m'amusait.

Merliton-Daubrieux reçoit dans ce qu'elle qualifie de bureau. Ananké a manqué quelques battements cardiaques quand elle a découvert l'ampleur du phénomène. La légiste est laide, très, obèse, très aussi, lesbienne mais ça ne se voit pas sur son physique, et elle use et abuse d'un vocabulaire de charretier qu'elle se plaît à agrémenter d'une voix rauque de tabagique et de jurons inventés. Elle a un côté capitaine Haddock, en moins barbu et plus… pimenté. Je l'aime bien, pourtant, parce qu'elle est vraie.

Son bureau est un authentique cabinet de curiosités. Dans vingt mètres-carrés, elle réunit une quantité invraisemblable de vestiges humains, pour la plupart sous verre et alignés sur des étagères. Il y a là des os, des crânes, des doigts, un œil qui vous scrute depuis l'intérieur de son bocal, des peaux – certaines tatouées – tendues et encadrées, un cerveau entier... Sous chaque reste, une légende gravée sur une petite plaque en cuivre. *Cortex légué à la science par Édouard X, calculateur prodige ; Appendice retrouvé dans le laboratoire de Maxime Z. surnommé le boucher de la Sarthe ; Scalp ayant appartenu à une inconnue, pièce à conviction n° 17 dans l'affaire dite de l'Apache des Monts d'Arrhée ;* et ainsi de suite.

Ananké est restée bouche bée.

— Surprise, mademoiselle ? Vous savez, on s'y fait. On y prend goût. Regardez ça...

Elle s'est approchée d'une sorte de bécher dans lequel flottait un résidu inqualifiable.

— Regardez *ça*. C'est mon préféré. Un collector. Pour me le procurer, j'ai dû faire des pieds et des mains, si vous saviez, c'est tout juste si je n'ai pas dû coucher ! Vous devinez ce que c'est ? Non, hein ? Personne n'a jamais deviné. Figurez-vous que j'ai séché un moment avant d'identifier la chose. Alors ?

— On dirait... Un bout de muscle ?

— Tout faux. Il s'agit d'un testicule humain. Une couille, quoi. Mais elle a été cuite après avoir été prélevée. Elle a mariné dans le vin. Un Bordeaux rouge, je ne sais pas lequel. Sans doute un grand cru, parce que celui qui l'a cuisinée était fin gourmet. Il s'est fait pincer bêtement, sinon cette pièce unique de ma collection aurait été boulottée comme le reste du corps du malheureux Paulo, un clodo dont personne ne s'était soucié de signaler la disparition. On ignore où se trouve le frérot.

L'autre couille, je veux dire. Sans doute a-t-elle fini sa carrière dans l'estomac d'un amateur… Remarquez, ça ou le rognon, hein, quelle différence au fond ? Vous aimez le rognon ? Figurez-vous que…

Il fallait que je coupe Merliton, sinon elle allait nous faire son numéro. Elle aurait pu faire du théâtre. Elle aurait *dû* faire du théâtre. Mais elle a préféré disséquer ses semblables. Ou bien d'autres l'ont écartée de sa voie.

— Hum… Juliette, si je peux me permettre, on est à la bourre pour la sortie de *Quat'jeudis*.

— Ah bon ? Tout le monde est à la bourre dans cette ville, on dirait. Tout le monde court. Tout le monde veut aller plus vite que la musique. Même les morts, j'ai l'impression qu'ils ont hâte d'engraisser les bactéries. Donc, c'est la petite qui se serait jetée du train qui va faire la une de ton prochain numéro ?

— Exact. Sauf que mon petit doigt me dit qu'elle ne s'est pas jetée du train. Ça a donné quoi, ton autopsie ?

— Tss tss… Je n'ai rien le droit de dire. Rien du tout. Mais tu sais, le droit et moi, hein… On va faire comme d'habitude. Je te raconte, mais pas un mot sur moi dans ta feuille de chou. Pas une allusion, pas un sous-entendu, rien ! Et tu m'épargnes les « selon une source proche de l'enquête » et ce genre d'âneries. Pas un mot sur ton docteur préféré ! Tu sais quoi ? De la pub pour une légiste, franchement…

— Tu peux compter sur moi.

— Et elle ?

Elle m'a désigné Ananké.

— Je ne dirai rien !

Merliton-Daubrieux a fait la moue. Elle a la moue expressive, un brin suspicieuse, un brin taquine, mais c'est une moue qui jauge, qui évalue, qui réfléchit. La moue de Merliton semblait faire pencher la balance du côté du « je fais confiance » :

— Bon. Ce n'est pas le choc qui l'a tuée. Elle est morte d'un arrêt du cœur. Probablement la peur au moment du grand saut. C'est courant chez ceux qui se jettent dans le vide.

— Comment tu peux être si catégorique ?

— Si le cœur avait fonctionné au moment du choc avec le sol, il y aurait eu beaucoup plus de sang partout. Là, rien, ou si peu. Elle a presque tout gardé. Sauf la vie, bien entendu. Non, on peut dire qu'elle est morte de trouille. À pisser dans sa culotte. Sauf qu'elle n'avait pas de culotte. Et ça, c'est un putain d'indice. Pas une preuve, mais un putain d'indice. Ah oui, aussi ! Prends des notes : la fille est morte la veille au soir, je dirais entre vingt heures et minuit. Difficile d'être plus précise, parce que ces ramollis m'ont apporté le cadeau un peu tard. Enfin c'est comme ça. Toujours est-il qu'elle ne portait pas de culotte. Tu connais la chanson ? *Elle avait des bottes, elle avait des bottes, mais elle n'avait pas d'…*

— On a le droit de se balader sans culotte…

— Oui. Je le fais, parfois. C'est très agréable. Surtout en été. Mais dans son cas, c'est plus que douteux. On a dû la lui enlever.

— Pourquoi ?

— Ha ha ! Pourquoi ? Parce qu'elle avait ses ragnagnas. On ne se balade pas sans culotte quand on a ses ragnagnas. Vous ne croyez pas, mademoiselle ?

De fait...

Ananké était pâle. Un bon test. Si elle résistait ici, alors elle ne craindrait plus rien. Un passage chez Merliton-Daubrieux devrait faire partie du parcours initiatique des futurs médecins ou futurs flics. Et, peut-être plus encore, des apprentis faits-diversiers.

— Jobard est au courant, pour cette histoire de règles ?

— Évidemment. Il sait tout. Du moins, tout ce que je lui ai dit.

— Tu lui aurais caché quelque chose ?

— Rien. Même pas le mépris que j'ai pour lui. Mais les gens comme Jobard, on a beau ne rien leur cacher, ils en laissent toujours de côté. Les morts, eux non plus, ne cachent rien, et ce n'est pas ce qu'ils font de mieux.

Encore une fois, il fallait couper :

— Des traces d'agression sexuelle ?

— Aucune. Il y a une chose importante : le choc a eu lieu de dos. Elle a l'arrière du crâne enfoncé, mais la face est quasi intacte. Juste quelques égratignures superficielles. Et ça, à moins qu'elle ait voulu faire une figure digne d'une gymnastique de jeux olympiques, ce qui est plus qu'improbable, c'est révélateur.

— Révélateur de quoi ?

— Tu imagines une suicidée qui se balance par une fenêtre de train, de *dos* ? Possible, mais peu probable. Tu es déjà allé au cinéma, non ? Ben, au cinéma, quand quelqu'un se jette depuis un pont pour en finir avec sa chienne de vie, il commence par se mettre debout sur la rambarde. De *face*. Il hésite un peu, de temps en temps il regarde en arrière. Il hésite, quoi. Et puis basta. Il saute. Mais il saute *de face*. Au cinoche, c'est comme ça. La scène du saut depuis le pont, il y en des tonnes de variantes, mais les candidats à l'aller simple pour l'au-delà sautent toujours *de face*. Ben figure-toi que dans la vraie vie, ou dans la vraie mort, c'est pareil. On saute de face. Pour sauter de dos, faut être plongeur sous-marin. Elle faisait de la plongée sous-marine, la petite ?

Je visualisais la scène.

— En effet.

— Qui plus est, le choc a eu lieu environ un mètre cinquante en retrait de la voie. Puis elle a rebondi, ou roulé, en quelque sorte, environ un mètre plus loin. Conclusion : elle a été propulsée. Seule, elle serait tombée plus près du rail. Et, pour propulser une nana qui pèse dans les cinquante kilos à un mètre cinquante, il vaut mieux être au moins deux et plutôt costaud. Non, ma conviction est qu'elle a été jetée du train par deux bonshommes. Ou trois. Elle ne s'est pas suicidée, comme persiste à le croire ce bon à rien de Jobard. Même si elle n'était pas morte avant, elle n'avait aucune chance de s'en tirer. Elle a chuté sur le ballast. Le ballast, tu marches dessus pieds nus tu comprends ta douleur, alors en tombant depuis un train lancé à toute berzingue...

J'ai poursuivi ma visualisation. Elle avait raison, Merliton, mais je devais rectifier un point :

— Jobard n'est pas bon à rien. Il est aux ordres. Aux ordres du proc'. C'est lui qui l'orienterait. Enfin, ça y ressemble. Et je ne comprends pas pourquoi il orienterait si mal. En règle générale, il est plutôt tatillon, le Jean-Eudes.

— Un type qui se prénomme Jean-Eudes, il a forcément un passif derrière lui. Ça laisse des traces, un blaze pareil. Ça désoriente dès l'enfance. Les synapses se révoltent, font la grève des neurotransmetteurs. La Révolution cérébrale ! Non ?

— C'est sûr, Jean-Claude c'est plus passe-partout. Je pense à un truc. La fenêtre du train a été brisée, mais pas complètement. Si elle s'est jetée, elle a dû se couper sur le verre, au moins déchirer un tant soit peu ses vêtements, il doit y avoir des traces...

— Que dalle. C'est quasi certain : elle a été portée, puis jetée.

— Devant un jury, ça fait preuve ?

— Non. Un indice sérieux, et encore… mais certainement pas une preuve. Et si j'ai bien suivi, il n'y a pas de témoins...

— Il doit y en avoir, mais ils ne se sont pas manifestés. Je suis même à peu près certain qu'il y en a, et je ne tarderai pas à les connaître et à les rencontrer.

— Donc il y aurait des témoins. Classique. Ils n'ont pas moufté pendant l'agression, alors ils ne vont pas se précipiter pour expliquer qu'ils ont laissé une gamine se faire assassiner sans lever le petit doigt. C'est dingue le nombre de cas répertoriés. Ça s'appelle l'effet spectateur. Note ! Tu ressortiras ça dans tes dîners en ville. L'effet spectateur. Le témoin moyen, s'il voit que les autres baissent le nez, il fait pareil. Il y a un machin dans ce qui nous sert de cervelle qui dit que si les autres ne mouftent pas, c'est que tout va bien et qu'il convient de faire pareil.

— Elle n'était pas seule. Il y a son compagnon...

— Parlons-en, tiens ! Eh oui, les légistes ne se contentent pas des morts et des morceaux de morts, ils examinent aussi les vivants. Je suis allée le visiter. Pas beau à voir. Il n'est pas passé loin, le gaillard. Mais il est robuste. Mince, mais robuste.

— Et alors ?

— Alors, mêmes constats, sauf pour l'arrêt du cœur, évidemment. Premier choc sur le dos, mais il a été réceptionné sur de l'herbe. Suffisant pour l'abîmer, pas assez pour le tuer. Il est encore dans le coma, mais il a des chances de s'en tirer. S'il se réveille, et si sa mémoire est intacte, tu auras la clé. Ça vous dit, une petite bière ? J'ai de la Kékette[5] au frais.

On n'a dit pas non, ce qui valait acceptation. J'ai tout de même posé réclamation :

— Juliette... Tu aurais du Picon ? Moi, la bière sans Picon...

— J'ai ! Tu ne m'ôteras pas de l'idée que mettre du Picon dans de la Kékette, c'est gâché, mais on ne va pas te refaire à ton âge. Tu n'es plus sous garantie mon pauvre ami.

Ma légiste préférée s'est approchée d'un placard, a fait glisser sans un bruit la porte coulissante et dévoilé un bar tout ce qu'il y a de plus fourni.

— Mademoiselle ? Je vous sers... ? Z'êtes pâlotte. Une liqueur ? Rien de tel contre la pâleur. J'ai de la prune qui fait des merveilles. J'en prends une tous les soirs. Ça conserve. La prune, c'est comme du formol ! Du formol pour les boyaux. À ce régime-là, on devient

---

[5] Bière normande de qualité.

immortel, vous saviez ça mademoiselle ? Oui, immortel ! Bon, d'accord, ça dure le temps que ça dure, mais immortel ne serait-ce qu'une heure ou deux, c'est mieux que rien. C'est déjà ça. Bon, vous m'accompagnez ou je vous la troque contre un diabolo-grenadine ?

Ananké a accompagné Merliton à la prune, tandis que, raisonnable, je me suis contenté du Picon Kékette. Sa prune de légiste, je la connais, elle réveillerait un mort.

On est repartis quinze minutes et deux tournées plus tard avec confirmation de nos soupçons. Homicide et tentative d'homicide. Restait à le prouver. Et à comprendre pourquoi Jobard me menait en bateau. Pas une mince affaire.

Vendredi 15 h 30 - Il portait un imper d'exhibitionniste...

... mais ce n'en était pas un. Je veux dire : ce n'était pas un exhibitionniste. Au contraire, il faisait tout pour passer inaperçu. Mal, très mal, mais il le faisait. Ce type, c'était la caricature du privé en filature. Imperméable démodé, le genre de vêtement que portaient les flics dans les vieilles séries télé, ou les détraqués du zgègue de bandes dessinées. Chapeau, lunettes noires et chaussures assorties, moustaches que l'on pressentait factices, pantalon de tergal gris, parapluie. Toute la panoplie. Il s'arrêtait de temps à autre pour contempler une vitrine, changeait de trottoir plus que de raison, avait des lacets récalcitrants. Peut-être une technique à lui. Qui irait en effet imaginer qu'un bonhomme qui ressemble tant à Jo la Filoche, l'as des as du « je-repère-où-les-amants-se-terrent », qui irait imaginer que ce bonhomme est, *pour de bon*, en train de le filer ?

Moi. Il nous suivait depuis peu, je pense, sinon je l'aurais remarqué plus tôt. Je n'ai rien dit de suite à Ananké. Inutile de l'affoler, même si le mec n'avait d'évidence rien d'une terreur. J'ai réfléchi. Ça m'arrive. Jobard. Jobard m'avait dit : « Surveille tes arrières ». Eh bien, en l'occurrence, mes arrières étaient surveillés.

Ananké et moi étions en route pour la rue des Vieilles-Douves. Depuis le CHU, il n'y avait pas bien loin à marcher, mais j'aime flâner. Flâner est une activité propice à la réflexion, comme si mettre un pied devant l'autre puis recommencer stimulait les neurones, leur donnait de l'inspiration. Notre cerveau apprécie de nous faire marcher, au propre comme au figuré. Notre cerveau, c'est nous, c'est notre âme, notre conscience, et il est enfermé dans notre petit crâne, condamné à rester là, alors, pour se changer les idées, il pilote notre corps comme un gamin sur sa console de jeux manœuvre un « gentil » pour dézinguer des « méchants » à coups de lance-roquette ou de je ne sais quelle arme de guerre. Le cerveau est un grand enfant. Et il observe, même s'il ne nous le dit pas et qu'il garde pour lui une partie de ce qu'il voit.

Ainsi je prenais conscience que nous étions filés, tout en philosophant sur l'indépendance du cerveau et de la conscience tandis que chemin faisant, Ananké poursuivait, en vain, ses efforts pour me faire dire ce que je n'avais pas envie de dire :

— … tu es pour ou contre ?

Depuis que nous avions quitté le « bureau » de Merliton, elle me harcelait. Peut-être une manière pour elle d'évacuer le trop-plein de sordide emmagasiné chez la légiste. Il était question d'hommes, de femmes, d'égalité, ou plutôt d'inégalités. Elle mélangeait tout, prônait tout et son contraire, enfin c'est l'idée que je m'en faisais. Des sujets de filles, quoi, sans mauvais esprit. J'ai fini par m'agacer. Un peu :

— C'est quoi ces questions ? L'égalité hommes-femmes… Pour ou contre ? C'est comme si tu me demandais : le jour et la nuit, t'es pour ou contre ? Le chaud et le froid, t'es pour ou contre ? La liberté, t'es pour ou contre ? C'est ton passé de radiotrottoirdeuse chez P.O. qui te tracasse ?

— C'est une réponse, ça ?

— C'est la mienne. Et je te prie de la respecter. Le respect, c'est le fondement de l'égalité. C'est Nietzche qui l'a dit. Tu ne vas tout de même pas contredire Nietzche ?

— Merci pour le cours de philosophie. La différence entre un amant et un mari, tu connais ? Non ? Facile : c'est le jour et la nuit. Ouais. Bon, joker, c'est nul.

J'ai voulu me mettre à son niveau :

— Nul, non, n'exagérons rien. Médiocre, tout au plus. Tiens, je t'en livre une. Tu sais ce que c'est que deux pédés ?

— Non. Si. Non. Bon, c'est quoi ?

— Deux pédés, c'est deux arbres. Tu sais lesquels ?

— Ben… Non.

— Simple. Un boulot, et un peuplier. Compris ?

Nul besoin d'être télépathe pour comprendre que non, elle n'avait pas compris.

— Réfléchis ! Il y en a un qui fait le boulot, et l'autre qui est un peuplier.

Elle m'a fixé d'un air ahuri. Elle est encore plus mignonne, Ananké, quand elle ahurit de l'air.

— Tu comprends ? La vanne, tu comprends ? Un qui fait le « boulot »… Et l'autre, « un peu plié »… Compris ?

— …

— Laisse tomber.

J'ai mimé. Son regard a viré à celui qu'avait dû avoir Archimède dans sa baignoire.

— Pigé. Ouais. Ce n'est pas nul, non, n'exagérons rien. C'est juste… naze. Voilà, c'est naze. Bon, un partout, balle au centre. Sinon, tu as remarqué le bonhomme qui nous suit depuis tout à l'heure ?

Alors là, j'ai été scotché. Pas une fois je ne l'avais vue se retourner.

— Oui… Mais… Comment tu sais ?

— Rétros de voitures. Un truc de nana. Tu sais, tu fais semblant de te remaquiller. Quand j'étais petite, j'étais fan d'Emma Peal dans « Chapeau melon et bottes de cuir ». C'est un peu ma mère spirituelle. Si je devais devenir prof à l'école de police, au lieu de faire suer les étudiants avec des théories et des lectures du Code Pénal, ben je leur projetterais l'intégrale de la série. Y a tout, là-dedans !

— Rétros de voitures... Bien joué. Tu as raison, on est filés.

— *Tu* es filé. Une idée du pourquoi, peut-être ? Et toi, tu t'en es rendu compte comment ?

— Le flair. L'instinct. Tu sais ce que disait Goethe... « L'instinct, c'est ce qui reste à l'homme quand il a tout oublié. »

— N'importe quoi. Tu mélanges tout. Déjà, Nietzche, tout à l'heure... Bon, tu l'as repéré comment, Jo la Filoche ?

— Quand il s'est cassé la gueule en faisant semblant de refaire son lacet. Il a crié « aie ! », j'ai zieuté. Tu ne trouves pas qu'il a des allures... de flic ?

— Si. Mais de mauvais flic. Une idée du pourquoi il te file ? Toujours pas ?

Une idée, j'en avais une, oui. L'avertissement de Jobard. Mais Jobard n'aurait pas recruté ce demeuré. Peut-être pas demeuré, mais « professionnellement discutable ». Très discutable. Que faire ? Alpaguer ce mauvais filocheur et lui faire cracher les raisons de sa filature ? Lui faire avouer par qui il était payé ? D'abord, réfléchir.

— Ananké, prends-le en photo. Et surtout, que sa bouille soit bien reconnaissable...

— C'est déjà fait.

Décidément.

— Ananké, je t'aime. Si tu n'existais pas, il faudrait t'inventer. Tu sais ce qu'on va faire ?

— Ils font quoi, les gens qui s'aiment ?

— Ils font demi-tour pour croiser la route de ceux qui les filent sans savoir que ceux qu'ils filent savent qu'ils le font.

— Toi, Kant, il faut que tu arrêtes les produits. Ça roule, compris, demi-tourons…

Nous avons fait demi-tour. Jo la filoche a ralenti, puis a fait marche arrière aussi. Une minute plus tard nous l'avions dépassé, à peine cinq et on s'engageait sur le pont du général Audibert. Passage difficile pour un filocheur, parce que pour passer inaperçu, un pont, ce n'est pas ce qu'il y a de mieux.

— On fait quoi, Kant ? On fait à nouveau demi-tour pour l'admirer d'un peu plus près ?

Ce n'était pas bête.

— On refait demi-tour. J'aviserai quand on le croisera ou qu'on arrivera à sa hauteur. Je compte jusqu'à trois.

À trois, on a fait notre manœuvre comme à la parade. Jo la Filoche n'était qu'à une cinquantaine de mètres. Il a marqué le coup, hésitant, et puis il s'est arrêté, comme paralysé. Un total débutant. Il s'est retourné, a encore hésité, puis s'est accoudé au parapet, avec autant l'allure d'un promeneur admirant la Loire que moi celle d'un touriste japonais cherchant l'Éléphant[6].

Quoi faire ? Lui rentrer dans le lard ? Lui demander ce qu'il nous voulait ? Qui l'envoyait ? Ou alors le semer. Mais s'il nous suivait, c'est qu'il savait qui j'étais. Pas difficile de savoir où j'habitais – je suis dans l'annuaire – et comme j'y allais autant le laisser nous filer le train.

— Ananké ? Tu ferais quoi, toi ?

— Je ferais bien une petite sieste…

— Sérieux !

— Tu avais dit que tu aviserais. Alors… avise !

---

[6] Attraction touristique nantaise.

J'ai forcé un peu l'allure, histoire de devancer Ananké, jusqu'à me retrouver à quelques pas de Jo. Comme lui, je me suis accoudé, et Ananké en a fait autant. L'homme n'a pas bougé. Après un court moment, je me suis tourné dans sa direction :

— Beau temps, hein ?

Il m'a regardé. Aucune expression particulière. Pas de réaction. J'ai insisté :

— Avec toute cette pluie qu'il est tombé, un rayon de soleil et on se sent en été.

Toujours pas de réaction.

— On s'est déjà rencontrés, non ? Mais où…

— …

— En tout cas, on s'est retrouvés.

— …

— Vous n'êtes pas très bavard. On dirait que ça ne vous fait pas plaisir de me revoir ! Si ? Pourtant, j'aurais juré… Enfin, à votre façon de nous coller au chou, j'aurais juré… que vous nous suiviez. Non ?

— …

— Ou alors, c'est le hasard. Ça arrive, parfois, des coïncidences. On accélère, vous accélérez. On tourne à droite, vous tournez à droite. On ralentit ? Devinez quoi… Vous ralentissez ! Et ainsi de suite jusqu'à plus soif. Incroyable. On me le raconterait, je n'y croirais pas. Et pourtant, ça arrive. La preuve.

Il avait l'air éteint, mon Jo la Filoche. Piles usées. Déçu, j'étais.

— Bon, on ne va pas tourner autour du pot pendant cent sept ans. Vous savez quoi ? J'ai deux options. Et encore, je compte large. Première option : vous recouvrez l'usage de votre langue, auquel cas on se retrouve entre gens de bonne compagnie, et cela épargnera à ma collaboratrice que voici le désagrément d'assister aux conséquences de la *seconde* option. Je ne vous cache pas que ma préférence va à cette première solution, somme toute la plus… agréable.

— …

— Bien. La seconde option est plus… sportive. Vous savez nager, monsieur… monsieur ?

— …

— Peu importe, au fond, que vous sachiez nager ou non. Peu importe votre nom. Dans cette seconde option, il est prévu que vous fassiez ce que nous appelons, dans notre jargon, le « grand plongeon ». Un plongeon, oui. Dans la Loire. Raison pour laquelle je vous demandais si vous pratiquiez la natation. Mais il ne me semble pas avoir entendu votre réponse…

Il a émis une sorte de gloussement, puis a récupéré la faculté de s'exprimer :

— Mais enfin monsieur qui êtes-vous ? Que me voulez-vous ? Je vous préviens qu'au moindre geste j'appelle la police !

— Oh par pitié ne faites pas ça ! La police ? La *police* ? Mon dieu. Là, d'un coup, j'ai peur. Je suis terrorisé, vous savez. Pas toi, Ananké ?

Ananké se remettait à petite vitesse des verres de prune engloutis chez Merliton. Elle semblait aussi effrayée qu'un sumo agressé par un Pygmée :

— Effrayée ? Non. Si, quand même un peu. Bah… Ça devait se terminer comme ça, un jour ou l'autre. Et voilà, c'est arrivé. Les policiers vont nous arrêter. Nous jeter en cellule, nous interroger. Peut-être… nous torturer ?

— Sûrement. Pour nous faire avouer… Oh monsieur, s'il vous plaît, n'appelez pas !

Ananké en a remis une couche :

— Mais j'y pense… Le monsieur n'a pas l'air pressé, ni très décidé. On pourrait l'appeler nous-mêmes, la police ? Nous dénoncer !

Monsieur le policier, nous avouons. Inutile de nous torturer, nous avouons. Nous reconnaissons avoir *volontairement* et de manière malhonnête *devancé* monsieur Jo ici présent, alors qu'il nous suivait paisiblement.

— Tu as raison, Ananké ! Je vais téléphoner au lieutenant Jobard. Il viendra nous arrêter et ainsi…

Je suis non-violent. Non-violent, mais quand il le faut je peux faire un usage modéré de cette force dont la nature m'a doté. Notre filocheur du dimanche, voyant le vent tourner, s'était mis en tête de nous fausser compagnie et ça, j'ai jugé que ça justifiait l'usage modéré en question. Il n'avait pas encore levé le pied que je l'attrapais par le col, le plaquais contre le parapet, et profitais de ma main restée inoccupée pour lui faire les poches. L'ahuri avait ses papiers sur lui. J'ai tendu le portefeuille à Ananké :

— Tu peux regarder ? J'appelle Jobard…

Ananké s'est fait un plaisir de dévoiler l'identité de notre homme, qui pour le coup semblait paralysé :

— Sylvain de Pierre-Église. Eh ben on s'était trompés. Il ne s'appelle pas Jo, mais Sylvain. Sylvain de Pierre-Église… Ça en jette.

Jobard a décroché à la deuxième sonnerie :

— Jobard ? C'est Kant. Explique-moi une chose… Tu m'avais bien suggéré de surveiller mes arrières ? Eh bien figure-toi que mes arrières l'étaient. Eh oui… Pas plus tard qu'il y a cinq minutes ! Jo la Filoche en chair et en os ! Incroyable. Tu as un don de double vue, ou quelque chose… Hein ? Qu'est-ce que tu en dis ?

— …

— C'est que j'ai un môme à nourrir à l'appartement, il attend sa becquée, et Ananké est pressée de rentrer faire ses devoirs… Alors explique. Qui l'envoie, ce Pierre Église machin ? C'est toi ? Ou qui ? Et pourquoi ?

— …

— Comment ça tu ne sais pas ? Comment ça tu ne sais pas ? Tu m'annonces sa venue, et maintenant tu ne sais pas ? À d'autres ! Allez, accouche. Tu seras chat…

— …

— Comprendre ? Je ne comprends rien ! Évidemment, je ne comprends rien : tu n'expliques rien ! Bon. Tu veux la guerre, tu vas l'avoir ta guerre. Je le libère, ton zigoto. J'ai son nom, sa photo, c'est tout ce qu'il me faut. Avec ça, je vais rameuter le tout-Nantes, je vais investiguer jusqu'au plus profond des plus vieilles archives de la Ville, je vais placarder son CV sur tous les panneaux du département ! Et je saurai ce qu'il fiche dans mes pattes. Alors…

— …

— Une menace ? Mais non, Jobard, ce n'est pas une menace, c'est une promesse.

J'ai raccroché. J'ai relâché Jo la Filoche, et il s'est débiné.

Vendredi 18 h 30 - Toumane venait d'un pays où…

… paix, tolérance et éducation sont des concepts. Ou de la science-fiction. J'avais ressorti du placard une vieille carte de l'hémisphère nord qui datait de l'époque où je rêvais de tours du monde en solitaire et à vélo. Ma période soixante-huitard en retard. Des tours du monde à vélo, en ce temps-là, j'en ai fait des dizaines. En pensée, mais j'ai toujours eu beaucoup d'intérêt pour les cartes et le seul fait de les contempler me fait voyager. Je suis un garçon simple.

Une fois la carte étalée bien à plat sur la table, j'avais fait comprendre à Toumane ce que j'attendais de lui : qu'il me dise d'où il venait et par où il était passé avant d'atterrir dans la cahute de madame Goth. En gros, qu'il me raconte son histoire, une histoire que je pressentais alambiquée.

Le petit garçon a contemplé l'antique mappemonde une bonne minute sans broncher, l'air concentré. Puis son index droit est venu se poser sur une zone coloriée en jaune. Je me suis penché, et comme malgré mes périples imaginaires je suis resté nul en géographie, j'ai déplacé son doigt pour lire le nom du pays. L'Afghanistan. Toumane a retiré son index, l'a dirigé vers sa poitrine, puis l'a reposé au même endroit sur la carte, cette fois-ci en tapotant. Pas de doute, il était afghan. Il venait d'un pays démoli, détruit par une guerre civile, où la terreur régnait.

Avant de tenter de connaître son itinéraire de migrant, j'ai voulu savoir depuis quand il avait quitté son foyer, dans quelles conditions, s'il avait fui seul, ou avec ses parents. Bref, en savoir plus. Je garde tous les calendriers des pompiers, depuis des années. Pas que je fasse collection de photos de chatons ou de paysages enneigés, non, mais j'aime bien les pompiers alors je leur prends toujours un calendrier. J'ai extirpé les quatre derniers de l'étagère où ils sont empilés et les ai présentés à Toumane. Il a tout de suite pigé. Un rapide coup d'œil et il a attrapé le calendrier avec le Kilimandjaro en photo de couverture. 2015. Il avait quitté son pays en 2015. Toumane a tourné les pages et s'est arrêté sur le mois de mai. Nous étions en juin 2016, il avait donc crapahuté un peu plus d'un an.

Comment ? À pied ? En train ? En avion ? Quand j'étais au collège, on jouait à un jeu où il s'agissait de faire deviner un objet, ou quoi que ce soit, en s'exprimant par signes. Du mime, en quelque sorte, qui m'a cette fois permis de comprendre comment Toumane était arrivé ici en partant du fin fond de son désert natal.

Mis à part l'avion, Toumane avait pratiqué tous les moyens de transport, et en premier lieu le plus commun d'entre eux : la paire de chaussures. La marche… D'abord les pays en « an ». Depuis l'Afghanistan, il lui avait fallu traverser le Turkménistan, puis l'Azerbaïdjan (afin d'éviter l'Iran), ceci via une croisière en mer Caspienne. Puis les pays en « i » : Géorgie, Turquie, Bulgarie, Serbie, Croatie, Italie. Et (enfin ?) la France. Pourquoi la France ? Mystère. On n'était pas encore assez calés en mime pour traduire ce genre de subtilité.

Je voyais bien que Toumane était ému, mais je crois que raconter son périple, même de façon aussi sommaire, lui avait fait du bien. Comment pouvais-je l'aider ? Grande et difficile question. Comment donner le coup de pouce qui lui permettrait de trouver une famille, de grandir comme un enfant de son âge, de devenir dans quelques années un adulte comme les autres ? Je ne savais pas. Qui sait ces choses-là ? Mais il fallait que je trouve une solution.

Je suis resté un moment perplexe, songeur, plongé dans ma bulle à méditer sur l'avenir du gamin. Lui s'amusait à faire des avions en papier. Qui volaient ! Et c'est là qu'en cherchant une nouvelle feuille il est tombé sur la photo de Jo la Filoche qu'Ananké avait imprimée avant de partir.

Toumane a crié. « Hé ! Kanttttt ! Hééééé ! » Excité.

J'ai plus que sursauté.

— Qu'est-ce qui t'arrive ? Une catastrophe aérienne ?

Toumane brandissait la photo de Jo. « Hé ! Hééééé !!! » Pour la première fois depuis le début de cette enquête, le hasard se présentait sous un jour favorable. Qu'est-ce qui se passait avec cette photo de Jo la Filoche ? De môssieur Sylvain Pierre-Église, pardon. On a réutilisé la technique qui avait fait ses preuves : un papier, un crayon, et des dessins. Toumane dessinait bien : les rails, la maison de madame Goth, le train qui passe, tchou tchou, tchou tchou, avec une croix dessus. J'ai mimé : « le train est parti ? » Il a fait « oui ». Un bonhomme près des rails. L'index de Toumane sur le bonhomme, puis sur la photo de Jo. Une fois, deux fois, trois fois. J'avais compris. Jo la Filoche, Toumane l'avait vu près des rails. Réfléchir. Qu'est-ce que ça voulait dire ? Ce type qui nous suivait était d'une façon ou d'une autre impliqué dans l'affaire des défenestrés. Impliqué à quel titre ? J'ai sollicité Toumane. J'ai dessiné – mal, je dessine très mal – un corps près des rails. Et j'ai fait de mon mieux pour mimer ma question : quel rapport entre l'homme et le corps près des rails ?

Sylvain Pierre-Église était passé deux fois près du corps de Clara Boudringhin. Voilà ce que les dessins et les gesticulations habiles de Toumane m'avaient appris. Une première fois le mardi matin vers six heures et une seconde vers dix heures. Une conclusion s'imposait : il devait être le premier sur les lieux. Avait-il prévenu les gendarmes ? La police ? Pourquoi m'avait-il suivi ?

Quel rapport avec Jobard, s'il y en avait un ? Quand j'avais appelé mon lieutenant préféré après avoir « interpellé » Pierre-Église, il m'avait juré ne pas savoir de quoi il retournait. Mais sa façon d'être gêné me hurlait le contraire. Qu'est-ce qu'il cachait ? Qu'est-ce qu'il pouvait bien avoir à me cacher ? J'aime les casse-têtes. Pas trop les casse-têtes chinois, les gadgets qui paraissent impossibles à démêler au premier abord, plutôt les énigmes.

Et s'il n'y avait pas de rapport avec Jobard ? Si cette gêne que j'avais ressentie n'était qu'une illusion, une erreur d'interprétation de ma part ? Admettons. D'autres questions surgissaient. Quel rapport entre Pierre-Église et la double agression ? J'observais Toumane à la dérobée. C'est lui qui m'avait fait comprendre qu'il s'agissait d'une agression, en me racontant, à sa façon, ce qu'il avait vu. Les « two man »… C'est lui aussi qui impliquait Pierre-Église. Et si le garçon me menait en bateau ? Hum… Pourquoi ? Pourquoi aurait-il inventé tout ça ? Non, ça ne tenait pas.

J'ai regardé ma montre. Il était l'heure de dîner. J'ai balayé de mon esprit l'avalanche de questions. Allez hop ! Une omelette chips salade verte, un coup de rouge pour moi, pour Toumane un soda, un demi-camembert et une demi-baguette chacun, une pomme, quelques noix et on irait Toumane et moi oublier tout ça sur le canapé, avec deux ou trois canettes pour la soirée. J'avais un Tex Avery en DVD. De quoi ravir le gamin et me faire tout oublier.

Samedi 10 h - Coco est neurasthénique…

Enfin, il a des crises, parfois. C'est une maladie rare, la neurasthénie, chez les coqs de combat nains, mais il m'a fallu faire avec. Le docteur Marguerite, notre vétérinaire – enfin, surtout le sien – a longtemps hésité sur le diagnostic, mais pour le pronostic ce fut rapide. Incurable, mais non létal. Coco allait vivre sous traitement le restant de ses jours comme une mamie à violine. À trente euros la visite mensuelle au cabinet, plus quelques euros de médicaments. Un quart de comprimé de Zylkene dilué dans de l'eau de Seltz chaque matin au réveil, voilà ce qu'il prend mon Coco. Non remboursé. C'est peu, mais c'est trop. Les coqs n'ont pas droit à la carte Vitale, même si la neurasthénie est à mon sens dans le cas de Coco une sorte de maladie professionnelle. On ne sort pas indemne de combats à répétition devant une foule d'enragés guettant la mort sanglante. Le combat de coqs est l'équivalent septentrional de la corrida du sud, mais sans torero. Une activité de loisir pour perturbés du ciboulot, donc, dont les amateurs ont moins de couilles que les toreros, mais davantage l'espoir de les conserver. J'ai bien essayé de me faire prescrire à sa place les comprimés, mais les vétérinaires ne peuvent délivrer d'ordonnance pour les humains. Chienne de vie. On peut avoir une fièvre de cheval, une haleine de fennec, un appétit de moineau, un œil de lynx, une mémoire d'éléphant, une langue de vipère, un QI d'huître, une faim de loup, une taille de guêpe, un cœur de lion, des cannes à mon serin ; on peut être devenu chèvre, être fier comme un paon et rusé comme un renard, peindre la girafe, monter sur ses grands chevaux, dormir comme un loir, ou passer pour un drôle de zèbre, être malin comme un singe, avoir la chair de poule, porter le bonnet d'âne et enculer les mouches, rien n'y fait. Les vétérinaires sont incorruptibles.

Chaque deuxième samedi du mois, sauf en août et jours fériés, Coco a donc rendez-vous au cabinet vétérinaire de la rue Deschats où officie la charmante docteur Marguerite. Le rituel est immuable. Elle dépose une sorte de sopalin géant sur la table d'observation, afin que Coco ne chope pas les microbes du chien d'avant et ne transmette pas ses miasmes au boa constrictor qui lui succédera. Marguerite est très soucieuse de la santé de ses patients, même si elle vit de leurs maladies. Franchement. Les chiens passent la moitié de leur temps à se renifler le trou de balle et on ne leur colle pas des préservatifs sur la truffe pour autant. Alors, le rouleau de sopalin géant…

Malgré tout cela, j'apprécie ma visite mensuelle chez la toutoubib. Elle est comme les coiffeurs, elle a un avis sur tout, connaît tout, pense à tout. On peut la brancher sur n'importe quel sujet, elle « sait ». Le docteur Marguerite est capable de vous donner des nouvelles de la santé de Michel Drucker tout en vous expliquant la progression du chikungunya alors qu'elle est lancée dans une diatribe contre les colliers antipuces. Mais ce jour-là, le thème qu'elle avait choisi pour agrémenter mon passage entre ses murs, c'étaient les incivilités dans les transports en commun. Et, pour une fois, j'adhérais.

Avec sa logorrhée sur les petites tracasseries quotidiennes, elle m'a fait cogiter. C'est vrai, les incivilités nous polluent la vie au moins autant que les oxydes de carbone l'air que nous respirons. Elles sont plus insidieuses, car avant d'agir sur le corps via des troubles psychosomatiques divers, elles s'attaquent à nos esprits. Du moins, chez ceux qui en ont un. La liste est longue. Conduire comme un dératé, téléphoner en public à haute voix, cracher par terre, mettre ses pieds sur les sièges des trains, abandonner ses canettes vides sur un banc, rouler avec une pétrolette débridée à réveiller un sourd, se balader avec un écouteur musique à fond, mesurer plus d'un mètre quatre-vingt *et* fréquenter les théâtres, etc. Les fâcheux pullulent. Le téléphone portable, parlons un peu de lui, n'est pas responsable, ce n'est qu'un instrument, mais on devrait instaurer un permis pour l'utiliser. Les fâcheux, encore eux, l'utilisent beaucoup. Ils l'utilisent trop. Pour ne rien dire, et surtout pour ne rien dire qui puisse intéresser les malheureux qui se trouvent dans les parages. Le temps passé avec son portable en main est un excellent indicateur du quotient intellectuel. Et de l'égoïsme des utilisateurs. Stop, je m'emporte.

Quelle est la frontière entre l'incivilité et le délit ? Elle est floue. Aussi floue qu'une photo de mariage après le vin d'honneur. L'incivilité, c'est l'homéopathie du crime. L'homéopathie n'a aucun effet direct prouvé sur une quelconque maladie, mais elle fonctionne car il suffit d'y croire pour se sentir mieux (ou que le temps fasse que la maladie s'estompe d'elle-même, ou, plus radical, que le patient succombe). Une incivilité, ce n'est pas bien grave, pourtant à l'échelle de la société elles sont si nombreuses que la somme des maux qu'elles engendrent dépasse celle des crimes. Une personne qui traverse Paris la nuit avec une pétrolette trafiquée réveille en moyenne trois cent mille braves (ou moins braves) gens. En France, chaque jour, des millions de personnes souffrent peu ou prou d'incivilités. Surtout prou. C'est à comparer avec les deux meurtres et des brouettes commis dans le même laps de temps dans notre beau pays. Dont une bonne part de règlements de comptes qui font autant de bien que de mal. Qu'est-ce qui est pire ? Des millions de gens enquiquinés au point que ça finit par leur gâcher la vie, ou quelques malfrats qui passent de vie à trépas ? La question est posée.

Je m'en suis ouvert au docteur Marguerite (un nom à soigner les vaches, au passage, mais je n'ai jamais osé la désigner par son prénom), elle a écarquillé ses jolis yeux :

— Comparaison abusive ! Un crime, quand même…

— Que nenni ! Faites une expérience de pensée. Vous avez deux boutons devant vous, reliés à un dispositif très particulier. Si vous pressez le bouton de droite, vous faites gravement suer dix millions de personnes dix minutes par jour pendant dix ans, au point qu'une partie d'entre elles pètent un câble et finissent chez les maboules. Si vous choisissez celui de gauche, une personne au hasard dans le monde meurt après avoir été éjectée d'un train lancé à quatre-vingts kilomètre-heure. Sur quel bouton appuyez-vous ?

— Personne ne fait ce genre d'expérience. C'est idiot, non ?

— Détrompez-vous. Des expériences similaires ont déjà été réalisées, pas seulement en pensée, et les résultats sont… déroutants.

— Bon, j'enquiquine les dix millions. Et vous ?

— Je m'interroge. Faire mourir la personne au hasard me semble le moindre mal, à l'échelle de la planète.

— Elle est nulle, votre expérience. À droite, je supprime le cancer du pancréas, à gauche celui de la prostate. À droite, je me retrouve avec de beaux seins, à gauche un joli petit derrière. Je fais quoi ?

C'est vrai, je reconnais, cette expérience a l'air tout ce qu'il y a de plus nul. Pourtant, en y réfléchissant, combien de découvertes, et non des moindres, combien d'inventions, et des plus brillantes, sont le fruit d'une expérience de pensée qu'on aurait pu qualifier de nulle ? Eh bien il y en a beaucoup. Le grand Einstein appréciait les expériences de pensée. En couvant la théorie de la relativité, il s'imaginait chevauchant un rayon de lumière. La structure de la molécule de benzène a été « intuitée » par Kékulé[7] rêvant d'un serpent. Et ainsi de suite. Alors, nulles ou pas, je poursuivrai mes modestes expériences. Qui sait, peut-être un jour découvrirai-je quelque chose…

— De beaux seins ou un joli derrière ? Là, c'est un choix qui peut se trancher par la réflexion. Poussons plus loin l'expérience. Si vous n'appuyez sur aucun bouton, on vous coupe un doigt. Vous pouvez choisir d'être amputée plutôt que de pourrir la vie d'un très grand nombre de personnes et d'en faire mourir une au hasard. Vous faites quoi ?

---

[7] Friedriech Kekulé von Stradonitz. Chimiste allemand du XIXe siècle qui disait avoir imaginé la structure originale de la molécule de benzène en rêvant de l'ouroboros, serpent symbolique se mordant la queue.

— Je demande l'avis du public ! Chut… Suspense… Il dit quoi, le public ? Il s'en moque, le public, il appuie au hasard, mais il ne perd pas son doigt, le public. C'est son verdict. Il ne se prononce pas.

C'est là que j'ai eu le déclic. Dans le train Rennes-Nantes, il y en avait eu, du public. Et il ne s'était pas mouillé. Il avait laissé faire les choses comme s'il n'était pas là. Ces gens avaient mouillé leur culotte, tout au plus, et il l'a mouilleraient toute leur vie, parce que ne pas être intervenu, à moins d'avoir une déficience d'empathie sévère et une absence totale d'estime de soi, ça allait être le cauchemar de leur existence. Si on les retrouvait, ils parleraient. Au moins certains d'entre eux. Pour libérer leur conscience, un peu comme un bigot qui va à confesse. Ils pourraient toujours plaider le traumatisme de l'instant pour justifier leur absence de réaction, puis leur silence. Ensuite, faute avouée serait à moitié pardonnée. Voire en totalité. Les juges, dans l'hypothèse peu probable où ils seraient présentés devant un tribunal, seraient cléments.

Le docteur Marguerite est, sans le savoir, un de mes conseils préférés. Elle me croit employé de mairie. J'ignore pourquoi, mais c'est comme ça et je ne fais rien pour la détromper. Il n'y a pas de sot métier. Alors je l'ai interrogée :

— Imaginez que vous assistiez à une agression. Une agression dans un lieu fermé, dont vous ne vous pouvez pas vous échapper. Mettons… un train. Deux voyous s'en prennent à une jeune femme sans défense. Il y a d'autres voyageurs, mais ils ne réagissent pas. Vous faites quoi ?

C'est une question difficile. Un peu comme dans les sondages, comment être sûr que la personne interrogée va dire la vérité ? Pas simple de reconnaitre qu'on ferait comme tout le monde, c'est-à-dire : rien…

La véto n'a pas réfléchi cent sept ans.

— Je pèse cinquante kilos !

— C'est un peu léger pour la bagarre, j'en conviens. Mais vous pourriez élever la voix, ou… je ne sais pas, par exemple interpeller les hommes présents ? Tirer le signal d'alarme ?

— Oui, sans doute. Et vous, vous feriez quoi ?

— Moi ? Je…

La vérité, c'est que je ne savais pas. Je me suis tu plutôt que de l'avouer. Passer pour un « simple » employé de mairie auprès de ma vétérinaire préférée ne me gênait pas le moins du monde, mais avouer ma potentielle lâcheté… J'ai toujours couvé du sentiment pour Marguerite. Ceci explique peut-être cela.

Il fallait coûte que coûte que je passe à confesse au moins un des voyageurs de ce fichu wagon. Je devais pouvoir y parvenir : à l'heure qu'il était, Ananké était en train de rechercher les personnes de la liste reçue par les Boudringhin. C'aurait bien été le diable si elle n'en localisait pas quelques-uns.

Samedi 14 h - Un indice...

... que Jobard faisait semblant d'ignorer. On n'avait pas retrouvé l'objet qui avait servi à briser la vitre. Le brise-vitre, cela semblait logique, puisque selon Kleen il avait disparu. Un témoin qui l'aurait embarqué ? Ou les agresseurs ? Mouais. Pour le procureur, on n'avait pas de temps à perdre à poursuivre l'enquête : on classait. Mais bon sang que fichait Jobard sur les lieux du drame ? Pourquoi autant de précipitation au départ, pour laisser tomber aussitôt, alors que l'acte criminel crevait les yeux ?

J'avais deux choses en tête. Primo, essayer de retrouver le brise-vitre. Il y avait des chances qu'il soit quelque part le long de la voie ferrée. Deuzio, aller titiller le procureur. Je savais où le trouver en terrain neutre, le proc', et ça attendrait mardi. Alors pour l'heure, direction la voie ferrée et la zone d'atterrissage probable de l'objet, si atterrissage il y avait eu.

— Toumane ! Laisse ton puzzle et enfile une petite laine ! On part en expédition !

Il ne comprenait pas un traître mot de ce que je lui débitais, mais il faut croire que je mimais assez bien parce qu'il a obtempéré et m'a suivi jusqu'au garage, où Titine nous attendait. J'ai laissé Coco à l'appartement, il nous aurait gênés.

En quarante minutes, on avait atteint le début de ce que j'avais imaginé comme zone de recherche. Le train devait rouler à environ quatre-vingts km/h. En postulant que la vitre avait été brisée trois minutes avant la défenestration de Clara et le brise-vitre jeté dans la foulée, une simple règle de trois me disait que l'on devrait trouver celui-ci à moins de quatre kilomètres *après* l'endroit où l'on avait retrouvé Clara, en direction de Rennes. Merci GPS, je trouvai un chemin praticable par Titine qui nous menait près du but. Restait à arpenter, direction Nantes.

Il n'y a rien de plus ennuyeux que longer une voie de chemin de fer en rase campagne. Rase, façon de parler. Vue d'avion, elle est peut-être rase, la campagne, mais à hauteur de bonhomme c'est truffé de monticules, de buissons, de bosquets et de vestiges architecturaux qui se liguent contre le randonneur. Un vrai casse-pattes, la rase campagne. Je marchais à environ deux mètres des rails, le regard balayant le sol, tandis que Toumane se tenait à peu près cinq mètres sur ma gauche. L'avantage du brise-vitre, c'est qu'il est en partie rouge, ça tranche avec l'alternance de vert, de gris, ou de couleur terre qui domine dans les parages. Parfois, nous nous arrêtions un moment pour explorer des buissons. Par ci par-là, un ru ou une zone inondée nous obligeait à sauter ou contourner l'obstacle. Toumane chantonnait. Il avait l'air heureux. Sûr, il était mieux là à crapahuter pour un motif qu'il ne comprenait pas qu'à errer dans les villes ou les villages à la recherche d'un abri, de nourriture ou de je ne sais quoi.

Une heure a passé, puis une deuxième. On a trouvé quantité d'objets divers, voire insolites, mais de brise-vitre point. Toumane a déniché un cadavre de chien, quelques dizaines de canettes, une revue porno, des briquets, une montre, des bouteilles d'alcool, vides ; de mon côté je suis tombé sur un sac à dos rempli de menus objets, peut-être le butin d'un pickpocket dont il s'était débarrassé en le jetant par la fenêtre à l'approche d'une patrouille de la police ferroviaire. Le temps s'éternisait, il devenait difficile de maintenir l'attention. La pluie menaçait, le moral baissait. Plus ça allait, plus je me disais qu'on cherchait une aiguille dans une meule de foin, ou pire, qu'il n'y avait pas d'aiguille dans la meule de foin. Le moment n'allait pas tarder où je déciderais qu'il n'y avait pas de meule non plus.

Pourtant, aiguille et meule il y avait. C'est Toumane qui a découvert enfin le graal, en poussant un cri qui m'a sorti de l'abrutissement qui me guettait.

— Kant ! Kaaannnt ! *Kaaaaannnnnt* !

Je me suis précipité. C'était bien ça. À trois ou quatre mètres de la voie, visible comme un nez au milieu du visage. LE brise-vitre. Ça ne pouvait être que celui que nous cherchions. J'ai fourré l'objet dans une poche en plastique. Il y avait presque à coup sûr, sur le manche, les empreintes d'un assassin. Enfile-t-on des gants, au mois de juin, alors qu'on s'apprête à passer quelqu'un par la fenêtre d'un train ?

— Bravo Toumane ! T'es un as !

Il n'entravait rien, mais me rendait un sourire adorable. Il n'entravait rien, certes, mais il était loin d'être idiot. Il savait que nous étions sur l' « affaire » des défenestrés. Il avait compris que je dirigeais un journal, et que l' « affaire » ferait l'objet d'un article. Il devinait que cet article parlerait de lui, que peut-être sa photo figurerait. Alors il était fier, heureux. Apaisé.

Je n'étais pas encore heureux et apaisé. Mais ça en prenait le chemin.

Samedi 21 h - Jobard avait consenti à me voir…

… quoique ça interrompait une partie de poker, mais j'avais eu au téléphone un argument convaincant. Le brise-vitre retrouvé. Eh oui, même si cela ne permettait pas, pour l'heure, de remonter aux agresseurs, cela prouvait que la police n'avait pas fait son boulot. Ni la gendarmerie. Et pour des raisons restant à expliquer, la police avait empiété sur le territoire des gendarmes. Rien qu'avec ça, il y avait matière à article dérangeant pour le lieutenant.

On s'est retrouvés au *Marin qui fume*. J'étais arrivé en avance, et Jobard avec des envies de meurtre dans le regard. Je sais qu'il est accro au poker. Et qu'il gagne, le plus souvent. S'il avait accepté de quitter les pigeons qu'il avait toutes les chances de plumer, c'est qu'il s'inquiétait. En cours de route, il avait préparé l'affrontement :

— Alors, Kant ? Tu as retrouvé un brise-vitre. C'est bien. Et alors ? Qu'est-ce qui prouve que c'est celui qui a brisé la vitre du train des suicidés ? Qu'est-ce qui prouve que ce ne sont pas les suicidés eux-mêmes qui l'ont jeté ?

Je n'ai pas répondu de suite. Le laisser mariner un peu. J'ai fini mon Picon bière et commandé son jumeau. Jobard a demandé une pression. Un brin nerveux, le lieutenant. Je le regardais, lui s'évertuait à jouer les fanfarons, genre « je n'ai rien à craindre, c'est moi le patron », posture décontractée, pouces sur le ceinturon, tête en arrière. Il attendait. J'ai répondu :

— Arrête de parler de suicidés, tu veux ? Tu sais parfaitement que ce ne sont pas des suicides. Et je finirai par comprendre pourquoi tu persistes à nier l'évidence. Je saurai. Bientôt. *Très* bientôt.

— Rêve… Bon, explique ! Qu'est-ce que tu attends de moi ?

— Recherches d'empreintes sur l'objet. Pas compliqué.

Il n'a pas semblé être de mon avis. Du même avis, on l'est peu souvent. C'est ce qui fait, en partie, le charme de nos collaborations.

— Pas compliqué, pas compliqué… Tu connais mal la police. On a des procédures, on ne fait pas faire un relevé d'empreintes comme ça ! Puis une recherche dans les fichiers, parce que j'imagine que c'est ce que tu vas me demander. L'affaire est classée, je te rappelle, alors tes relevés d'empreintes…

— Tss tss… Tu sauras y faire, Jobard. Tu sauras y faire. Tu sauras, sinon jeudi prochain je déballe tout ce que je sais déjà, et tout ce que je ne vais pas tarder à apprendre. Plus tout ce que je suppute, et que les lecteurs extrapoleront. Et puis, cette affaire je vais te la faire rouvrir, alors ta recherche te fera gagner du temps !

— Optimiste, tu es.

— Non, j'ai la matière. Tu sais quoi ? J'ai retrouvé les identités des témoins. Les passagers du wagon d'où tes « suicidés » ont sauté. Tu vois où je veux en venir ?

En bon joueur de poker, Jobard a jaugé ses chances, a pesé mes allégations, et a conclu que oui il voyait où je voulais en venir, mais se demandait où je *pouvais* arriver. Et si ce journaleux de malheur bluffait ? qu'il se demandait. Je lui ai souri, il a répondu par un plissement de front. Jobard pesait et re pesait. Je n'ai pas attendu trop longtemps :

— Ok, Kant, je vais me démerder, pour tes empreintes.

Méfiance. Toujours se méfier, avec cet animal-là.

— Bien, Jobard ! Très bien ! Mais… Ne le prend pas pour un manque de confiance, hein, mais… Qu'est-ce qui me prouve que tu ne vas pas me revenir le bec enfariné en me jurant tes grands dieux qu'il n'y a pas d'empreintes exploitables, que la pluie ou la boue ou je ne sais quoi, ou que les empreintes sont celles de parfaits inconnus, hein ? Qu'est-ce qui me dit que je peux te faire confiance ?

— Tu n'as pas trop le choix, Kant, sur ce coup-là…

Il avait raison. Je n'avais pas le choix, du tout. Sauf que…

— Jobard… Pluie, boue, ou tout ce que tu voudras, je m'en tape. Si tu ne trouves rien, je publie. Si tu trouves, je publie aussi. Mais je publie « mieux ». Tu saisis?

Je crois qu'il saisissait. Il voyait que je ne plaisantais pas.

— Enfoiré…

Jobard a fini son verre, s'est levé, m'a jeté un sale regard. Il s'est retourné, s'est dirigé vers la sortie, puis s'est ravisé :

— Une question… Tu as fait comment, pour trouver des témoins ?

Un grand sourire m'est venu :

— Mais… j'ai fait ce que tu aurais dû faire, mon lieutenant : j'ai pris le train !

Samedi 22 h - On prenait l'apéro…

… Toumane, Coco et moi, quand Ananké a déboulé après ses recherches.

Elle semblait harassée :

— À boire…

— Dis donc, t'as l'air crevée. De l'eau ? Du plus fort ?

— De l'eau ! Plein d'eau !

Je lui ai servi un grand verre qu'elle a englouti d'un trait. Puis un second qui a subi le même sort.

— Alors ? Ces recherches ?

Ananké a sombré dans le canapé avant de pousser un long soupir. Coco me picorait la pantoufle droite, je lui ai remis une coupelle de graines de tournesol. Toumane s'est replongé dans son puzzle ; il avait fini le cadre, c'est le plus important, mais il devait bien lui rester mille cinq cent pièces à placer. De quoi l'occuper.

Ananké, bien installée, m'a fait le récit de sa journée :

— D'abord les mauvaises nouvelles. Il y en a trois que je n'ai pas réussi à identifier. Rien dans l'annuaire, rien sur Google ou alors des fausses pistes. Ce sont Sylvie Aubry, Maximilien Gorsse, Malik Lachèze. Chou blanc.

— Ça en fait quatre d'identifiés ! C'est déjà très bien ! Et puis, j'y ai repensé, ce Maximilien Gorsse, à tous les coups c'est notre Homme de fer, celui que piste Maroni. Ça nous en ferait cinq. Ananké, je crois qu'on approche de l'article du siècle.

— Tu ne crois pas si bien dire. Accroche-toi. Je te fais les quatre par ordre croissant d'intérêt. Jérôme Monteil est dans l'annuaire, il est sur Facebook et présente toutes les caractéristiques du célibataire de quarante balais qui s'emmerde et occupe son temps libre à encombrer le web de posts sans intérêt. De blagues nulles, aussi. Pas de photos de son chat quinze fois par jour, mais l'esprit y est. Bastien Pardessus est cadre supérieur ou du moins espère le devenir, j'ai trouvé sa trace sur Linkedin, le réseau social des « pros ». Tronche de premier de la classe, mais à lire son CV et sa présentation on sent le type « plat », sans personnalité. En sport, c'est golf et tennis, plus ski l'hiver. En loisir, c'est philatélie, philatélie et, parfois, philatélie. Pareil, il est dans l'annuaire et j'ai eu son adresse. Claude Le Guen est photographe, elle a un site web. Des photos magnifiques, au passage, essentiellement des extérieurs sous la tempête. Par contre, je n'ai pas d'adresse postale. Elle est joignable via la page « Contact » de son site.

— Si ma mémoire est bonne, reste Martine Le Je-ne-sais-plus-quoi.

— Le Noan. Martine le Noan. Là, on attrape la queue de Mickey.

— Accouche !

Elle m'a fusillé du regard :

— Et l'apéro ? C'est réservé aux mâles ? Je prendrai un Perrier.

J'avais manqué à tous mes devoirs.

— Excuse… Avec ou sans rondelle ?

— Sans. Toute façon, t'as pas de citron.

Prends ça dans les dents. Je l'ai servie.

— Bon, la queue de Mickey, c'est quoi et qu'est-ce qu'on en fait ?

— Tiens-toi bien. Le Noan, c'est son nom de femme mariée. Vingt-neuf ans, sans enfant. Mignonne comme tout si j'en crois les photos, mais méfiance, c'est rare que les femmes montrent des photos d'elles qui les désavantagent. Toujours étudiante malgré son âge, son mari est notaire. Très belle situation. Quinze ans de différence d'âge.

— Tu l'as su comment ?

— Facebook. C'est fou ce que les gens sont négligents. Ils racontent leur vie à la Terre entière, et moins ils en ont à dire, plus ils le font savoir.

— Et c'est le gros lot parce que… ?

Elle m'a lancé un sourire de petite fille qui prépare une surprise :

— Le procureur… Il s'appelle comment, déjà ?

— Rouzès. Jean-Eudes Rouzès.

— Rouzès. C'est ça. Eh bien Martine Le Noan est née Martine Rouzès. C'est sa fille, Kant, sa *fille* !

Oh putain ! Mes neurones s'excitaient. Bingo ! Une vérité, LA vérité m'est apparue d'un coup d'un seul. Mais je restais prudent :

— Yep ! Mais Rouzès, c'est un nom assez courant, comment peux-tu être sûre que c'est sa fille ?

Ananké m'a souri de nouveau, cette fois façon de demander pardon, sa tête penchée sur le côté davantage que d'habitude.

— J'ai fait ma voyeuse. Sur Facebook, tu peux mettre des photos, les classer en albums. Tu connais un peu, quand même ! Parfois, les gens limitent l'accès à ces photos à leurs seuls « amis », mais certains, et Martine en fait partie, ne mettent aucune sécurité. Tout le monde peut voir tout ce qu'ils publient. Une belle bêtise, à mon avis…

— Ça, c'est sûr. Et alors, les photos ?

— Elle a un album « Famille ». Et là tu entres dans l'intimité du cercle familial. Photos de Noël, de l'anniversaire du petit neveu, du baptême de je ne sais qui, de la cousinade de l'an passé. Les photos sont commentées. Sur plusieurs, il y a « Papa et Maman » en commentaire.

— Je vois. Et tu as…

— Cherché des photos du procureur sur le web. Ça ne manque pas. Ensuite j'ai comparé avec les photos de famille Facebook. Quasiment aucun doute, c'est sa fille.

— Quasiment…

Tout s'expliquait. Tout collait. Les détails viendraient plus tard, mais la mécanique de l' « affaire » devenait claire. La fille du procureur est dans le train. Elle assiste à l'agression. Comme les autres, elle ne réagit pas, paralysée par la peur. Comme les autres, elle n'a qu'une idée en tête alors que les agresseurs disparaissent : rentrer chez elle et oublier. Oublier les scènes d'horreur, oublier sa propre lâcheté. Se convaincre qu'elle ne pouvait rien, sous peine de… De quoi ? De passer par la fenêtre elle aussi. Oui mais ils étaient plusieurs. À plusieurs, ils auraient pu… Intervenir, tirer le signal d'alarme, maîtriser les agresseurs ? Sauf que non. Qui sait comment il réagirait en pareilles circonstances ? Oui, tout s'éclaire. La fille a dû parler au père. Raconter. Vider son sac. Elle se sent fautive. Faut-il qu'elle aille à la police ? Au risque de voir son nom apparaître dans les journaux, avec des commentaires insistant sur la passivité des témoins. Au risque d'éclabousser son père, que les journalistes ne manqueront pas de citer, de traîner dans la boue ? Papa décide que non. Mieux vaut se taire. Qui pourrait remonter jusqu'aux témoins ? Tout s'expliquait. La présence de Jobard qui n'avait rien à faire sur les lieux du drame. L'apprenti détective, notre Jo la Filoche. Le classement en suicide. Tout.

Restait à entrer dans les détails, à vérifier ce qui n'était pour l'heure qu'une théorie. Une théorie qui certes correspondait aux faits, mais une théorie quand même. L'article dans le prochain *Quat'jeudis* serait plus qu'un article. Ce serait un dossier complet… Pourquoi pas une « édition spéciale » ? Si je pouvais retrouver les agresseurs, alors ma petite gazette ferait une fois de plus la nique aux grands.

Restait aussi, avant d'abattre mes cartes, à m'assurer à 100% que cette Martine était bien la fille du procureur, ou qu'elle y était apparentée. Et à prouver qu'elle était bel et bien dans ce train. Accuser dans preuve, c'aurait été, d'un point de vue professionnel, suicidaire.

Des faits avérés, démontrables par a plus b, rien que ça. Sinon, danger…

— Ananké, il faut que l'on rencontre cette Martine. Viens, on va se connecter sur son Facebook et creuser le personnage. Trouver le lieu et le moment idéal pour la faire causer, si possible. On s'occupera des autres plus tard.

Plonger dans l'univers d'une inconnue au travers de son « mur » Facebook est une expérience curieuse. Au-delà des informations personnelles factuelles, comme les adresses mail, la profession, la ville de résidence, le lieu de naissance, les musiques ou films préférés et ainsi de suite, on découvre des bribes de la vie de cette personne, et ces bribes sont plus ou moins déformées. On enjolive les bons moments, on exagère les mauvais, ou le contraire ; on passe sous silence ce qui nous présente sous un jour défavorable, on « like » à tout va des « posts » sans intérêt, on transfère tout et n'importe quoi, y compris des rumeurs infondées. Un jour viendra où les psys de tous poils ne recevront plus dans leur cabinet ; il leur suffira, à distance, de scruter nos existences virtuelles pour poser un diagnostic. Un email partira alors vers la pharmacie la plus proche de notre domicile qui se fera une joie de déposer quelques pilules colorées dans la soute d'un drone, lequel viendra toquer à notre porte pour livrer le précieux traitement. *« Mais oui madame, absolument ! Vos échanges récents sur Threeter démontrent une carence octo-synaptique sous-jacente doublée d'une névrose sub-cortique à la commence qui laissent penser à un syndrome de Gates. Si elles ne sont pas traitées dans les jours qui viennent, cela vous expose à une blablablite sévère. Ne vous inquiétez pas pour la facture, elle a été directement prélevée sur votre compte PayPol. »*

Bref. Pour Martine Le Noan, le factuel nous a confortés dans l'idée qu'elle était bien un de nos « témoins ». Étudiante en droit à l'université de Rennes, mais domiciliée à Nantes. Allez comprendre pourquoi… Mariée à Pierre Le Noan, mais née Rouzès. Facile à deviner : elle avait un compte sur *Copains d'avant*, le site qui permet de refaire ami-ami avec ses camarades d'école. J'ai visualisé les photos de famille dont Ananké m'avait parlé. Aucun doute, c'était bien le procureur Rouzès au premier plan, en pull à col roulé devant la cheminée, entouré de gens qui constituaient selon toute vraisemblance sa famille proche, dont notre Martine.

Je me suis intéressé aux derniers messages qu'elle avait postés. Le plus récent datait du week-end précédent, donc avant la double agression. Mais avant, en remontant dans le temps, je me suis aperçu qu'elle communiquait au moins tous les deux jours et souvent plusieurs messages à chaque fois. Des messages sans intérêt. « Journée de merde… » « Partiel réussi ! Yeah ! » « Mari malade, je sèche les cours. Vive la grippe ! » Tout à l'avenant.

Il se faisait tard. Et Ananké, éternelle affamée, avait un estomac qui donnait l'heure :

— Il n'y a plus rien dans le frigo, je commande des pizzas.

J'étais ailleurs.

— C'est ça, commande des pizzas.

Dimanche 11 h - Le gars Maximilien était un personnage…

… et il n'a pas été difficile à trouver. Maroni avait accompli sa mission de filature avec maestria. En vingt-quatre heures, j'avais l'adresse de notre Homme de fer, ne restait plus qu'à lui rendre visite.

Pour cela, j'avais embarqué avec moi Ananké et Toumane. La première parce qu'elle avait montré des talents de photographe digne d'un prix Pulitzer, le second parce qu'il était hors de question de le laisser seul. Et c'était une façon de l'aider dans l'apprentissage du français.

Maximilien, l'handicapé témoin, logeait au troisième étage d'un immeuble vétuste du quartier Doulon. Un troisième étage, pour un homme en fauteuil, ce n'est pas la panacée, d'autant que l'ascenseur était glauque, lent, et faisait peur. Le genre d'ascenseur que l'on ne prend que contraint et forcé ; il grinçait de tous ses membres et ne proposait pas une cabine fermée, où l'on peut se croire en sécurité, mais de simples grillages métalliques laissant voir l'extérieur. Je n'aime pas les ascenseurs.

Nous sommes arrivés sains et saufs au troisième. J'ai sonné à sa porte. Il a ouvert sans tarder.

— Bonjour Maximilien !

J'étais persuadé qu'il allait me reconnaître. J'avais fait deux voyages Rennes – Nantes à quelques mètres de lui, il *devait* me reconnaître. Eh bien non. Il n'en a rien laissé paraître. Il m'a dévisagé de la tête aux genoux, puis des genoux aux pieds, avant d'en faire de même avec Toumane, puis Ananké. Très calme. Je dirais même : impassible. Je crois qu'il s'est souvenu d'Ananké, en tout cas c'est sur elle que son regard s'est le plus attardé. Comme quoi, être une jolie jeune femme…

— À qui ai-je l'honneur ?

— Quentin Dickens, de *Quat'jeudis*, et voici mon assistante et mon neveu.

Il a dû le croire autant qu'au Père Noël et à la petite souris réunis. Toumane pouvait à la rigueur passer pour mon neveu, mais Ananké, habillée comme en partance pour Woodstock, avait tout sauf l'allure d'une assistante.

— *Quat'jeudis*… Ah oui.

— Nous… Nous pouvons entrer ?

Il a poursuivi son examen de nos anatomies. Et puis il a fini par consentir à répondre :

— C'est à quel sujet ?

Ce n'était pas une réponse, c'était une question. J'ai bien cru que nous allions en rester là, alors j'ai placé quelques atouts, un peu trop tôt à mon goût :

— Au sujet d'une jeune femme et de son compagnon. « Tombés » d'un train, quelque part entre Rennes et Nantes. Vous y étiez, dans ce train. Nous le savons.

Il a hoché la tête. Opiné, pour être précis :

— Entrez.

On ne s'est pas fait prier. Pénétrer pour la première fois chez quelqu'un, je trouve toujours ça intéressant. Bien sûr, la politesse veut que l'on évite de détailler les moindres recoins, mais un coup d'œil « discret » par-ci par là ça ne mange pas de pain. Un intérieur dévoilé à l'improviste peut en dire long sur l'occupant des lieux. Est-il propre, bien rangé, décoré avec goût, ou règne-t-il un bazar post-apocalyptique ? Y a-t-il une douce musique d'ambiance ou une télé crachant ses décibels de pubs ? Les meubles sont-ils… etc. etc. Les odeurs elles aussi sont porteuses d'informations. Une senteur de tabac froid sur fond de sardines grillées, ça ne donne pas la même ambiance qu'un Chanel numéroté. Eh bien chez l'Homme de fer, nous entrions dans l'univers d'une personne de goût. On aime ou on n'aime pas, mais on reconnaît le soin du maître des lieux. La petite entrée ne comportait aucun meuble, juste deux cadres qui se faisaient face sur les murs, placés à hauteur du visage d'un homme en fauteuil. Elle sentait l'encaustique et conduisait à une vaste pièce principale, éclairée par une baie vitrée sur toute sa largeur. Plein sud, j'ai pensé, c'est ce qu'il me faudrait. Tout, dans ce salon, avait été pensé et réalisé pour un handicapé. Un des murs soutenait une bibliothèque ne comportant que deux étagères, mais elles aussi à hauteur de regard et sur l'ensemble de la profondeur de la pièce. Pratique. Dans le même ordre d'idées, le mur leur faisant face était équipé d'un buffet bas surplombé d'un miroir dans lequel notre homme pouvait peaufiner son brushing, mais qui ne nous reflétait, Ananké, Toumane et moi, que des pieds à mi-cuisses. Curieuse impression.

À l'invite de notre hôte, nous avons pris place tous les trois dans l'unique canapé, Ananké à ma droite, Toumane à ma gauche. L'Homme de fer est venu positionner son fauteuil face à nous, presque à toucher mes genoux. Cela m'arrive peu souvent, mais je me sentais… intimidé. Lui, pas le moins du monde :

— Je n'y suis pour rien, vous savez. Pour rien du tout.

Il a dit ça sur le ton de quelqu'un m'annonçant le programme télé.

— Bien sûr. Mais vous avez vu.

— Comment le savez-vous ?

— Vous prenez le même train chaque soir de la semaine. Et puis il y a surtout…

Il m'a coupé.

— Oui. C'est vrai, j'étais là. Inutile de tourner autour du pot. C'est… c'est terrible. Mais des témoins, il y en a d'autres. Et pas tous des petits poissons. Moi je suis, comment dire ? Une sardine. Et il y a des requins dans le lot de ceux qui savent. Vous voulez boire quelque chose ?

On voulait. Coca pour Toumane, ça doit se dire pareil dans toutes les langues de la Terre, et même au-delà. Verre d'eau pour Ananké et Picon bière sans Picon pour moi. L'Homme de fer a fait le service, sans se presser, naviguant avec aisance entre le canapé et le petit frigo inséré dans le buffet. Il n'a rien pris pour lui.

— Alors, ce soir-là, il s'est passé quoi ?

Soupir. Haussement de sourcils.

— Longue histoire. Et rapide, en même temps. Il y a des moments dans la vie où le temps s'écoule étrangement. C'est le cœur qui veut ça. Il bat deux fois plus vite, alors le cerveau se dit que le temps est deux fois plus long. Mais le cerveau se dit aussi que les événements s'accélèrent, alors il trouve tout deux fois plus court. Oui, c'est un phénomène dans ce goût-là. Vous comprenez ?

Je ne comprenais rien, mais j'acquiesçai pourtant ; j'ai aussi ce sentiment que parfois le temps s'écoule de façon insolite. Plus ou moins vite. Oui, mais plus ou moins vite par rapport à quoi ? Ce temps qui ne s'arrête jamais de passer m'a toujours fasciné, intrigué. Le temps, je ne le comprends pas, mais est-ce que quelqu'un le comprend ? On peut se remémorer le passé, imaginer l'avenir, mais on « est » toujours au présent. Le temps passe. On ne peut pas l'arrêter, mais s'il s'arrêtait on ne le sentirait pas. J'entends souvent des gens s'exclamer : « vivement le week-end ! », ou « vivement les vacances ! », ou « vivement l'été ! », ou vivement n'importe quoi. « Vivement », vraiment ? Si je proposais aux mêmes un procédé pour « plonger » sur-le-champ dans ce « vivement », est-ce qu'ils accepteraient ? Il faudrait être bête, je crois, parce que ce serait s'amputer d'une partie de sa vie. « *Allez hop ! je saute le mois de novembre. Il pleut tout le temps et moi, la Toussaint, ça me déprime !* » Qui ferait une chose pareille ? Il ne faut jamais penser « vivement ».

Bref, l'Homme de fer s'expliquait :

— Donc, ce soir-là, tout était comme d'habitude. J'étais dans la dernière voiture, pour moi c'est plus commode. Les deux jeunes, ceux qui sont passés par la fenêtre, m'ont aidé à monter, puis je suis allé me placer entre les deux compartiments, face à la porte. Comme d'habitude. Il y avait six voyageurs vers l'avant quand le train est parti. À l'arrière, les deux jeunes, et ces deux hommes qui sont montés au dernier moment. Deux hommes ? Non. Deux racailles. Deux pourritures. Deux vermines. Deux… bêtes.

Ni haine ni colère dans sa voix, dans ses yeux. Un constat. Juste un constat.

— Je ne sais pas ce qui s'est passé au juste. Moi, j'étais entre les deux compartiments. Ils ont eu des mots. Ils en sont venus aux mains. J'ai crié. D'abord vers ma gauche, vers ces ordures. « *Arrêtez, ou… !* » Ou quoi ? Ou rien du tout. Je ne peux même pas tirer le signal d'alarme ! Puis je me suis retourné vers les autres voyageurs, vers ma droite. « *Mais bon sang ! Vous n'entendez pas ce qui se passe ?* » « *Hé ! Vous êtes bouchés ?* » Rien. Rien du tout.

Il a marqué une pause.

— Je sais ce que c'est. Je suis en fauteuil. Ça remonte. Ça remonte à quinze ans. La victime, il y a quinze ans, c'était moi. J'étais gaillard, à l'époque. Mais ils étaient quatre. Alors… Alors voilà. Mes jambes, maintenant, ce sont mes bras. Je ne m'en plains pas. Je ne m'en plains plus. Il y a pire. Comme ce gars et cette fille. Il suffit de deux merdeux et deux vies basculent. Elle est morte, elle. J'ai lu ça dans le journal. Et lui ne vaut guère mieux.

— Pourquoi vous n'avez rien dit ? À la police ?

— Pourquoi ? Comme les autres, je crois. Parce qu'ils m'ont vu. Parce que, pardonnez-moi, mais je chie dans mon froc à l'idée qu'ils me retrouvent. Parce que la police… Parce que la police ou rien… Voilà pourquoi. J'ai honte. Et j'ai la haine. Contre ces deux minables, et contre ces gens qui n'ont pas levé le petit doigt.

J'ai fini ma bière. Il est reparti vers le frigo, est revenu avec deux bouteilles dans les mains. Une pour moi, une pour lui.

— Les deux agresseurs… Vous sauriez les reconnaître ?

Nouveau soupir. Nouveau haussement de sourcils. Il a vidé la moitié de sa bière d'un trait.

— Oui. Oh oui je pourrais !

Il a terminé sa bière.

— Nous préparons un article sur ce crime. Pour le prochain numéro de *Quat'jeudis*. Est-ce que…

— Vous voulez que je sois dedans, c'est ça ?

Je le voulais, mais je n'ai pas répondu à sa question :

— C'est vous qui avez envoyé la carte d'identité de Clara à ses parents ? Oui, bien sûr que c'est vous.

L'Homme de fer a hoché la tête.

— Oui. Sa carte d'identité, et… la liste des témoins.

— Dont vous.

— Dont moi. C'est comme ça que vous m'avez retrouvé ?

— Non. On vous expliquera. Comment avez-vous eu cette carte d'identité ? Et les noms et prénoms des autres voyageurs ?

Pas de soupir, pas de sourcils. Il était dans ses souvenirs :

— Après que j'ai crié, il y en a un qui est venu vers moi. Il a renversé mon fauteuil. Je me suis retrouvé au sol. Et puis il est reparti. J'ai entendu le bruit de la vitre qui se brisait. Puis des cris. Puis plus rien. Puis encore des cris. Puis encore plus rien. Des chuchotements, c'est tout. Un des deux m'a pris ma carte d'identité, puis il est passé parmi les autres voyageurs et pareil, il a pris leurs papiers. Il avait un couteau. Long comme l'avant-bras. Il criait. Non : il hurlait. « *Dites quoi qu'ce soit aux flics, quoi qu'ce soit, on vous r'trouve, on vous égorge* ». Cette voix… Je n'oublierai jamais cette voix. Personne n'a réagi. Quand le train s'est arrêté à Nantes, les deux étaient bien en face de la porte, les autres voyageurs restaient assis. Le plus petit des deux m'a donné un grand coup de pied, j'étais encore au sol, pensez. Pure méchanceté. Mais en faisant ça il a glissé. Les papiers d'identité sont tombés. Il a voulu les ramasser mais l'autre l'en a empêché « *Ramène-toi ! On s'casse de là !* » Alors je les ai pris, ces papiers. Un réflexe. Je suis resté au sol. J'ai vu six paires de pieds passer. Personne ne m'a rien dit. Personne ne m'a aidé à me relever. « *Bande d'enculés…* » Voilà ce que j'ai pensé. Les portes se sont fermées. Le train est reparti. Direction le dépôt, ou je ne sais pas comment on appelle l'endroit. Ce sont des agents du nettoyage qui m'ont sorti de là. Ils ont dû me prendre pour un poivrot, je n'arrivais pas à enchaîner trois mots.

Il a marqué une pause. Le regard ailleurs.

— J'avais les noms et les adresses. J'ai voulu leur ficher la frousse. Me venger. De leur lâcheté. Vous allez trouver ça bizarre, mais j'en veux autant aux passagers qu'aux deux salopards. Je ne leur en veux pas de la même manière, mais pour moi ils méritent d'être punis.

— Et la police, encore une fois ? Pourquoi vous n'êtes pas allé raconter tout ça à la police ?

— J'aurais dû, je sais. Mais je vous ai déjà expliqué. La honte. La peur des représailles.

— Une fois arrêtés, ils ne seront pas près de sortir de taule.

— C'est vous qui le dites. Je connais la musique. Dans votre journal, j'aimerais mieux que mon nom ne soit pas cité. Vous comprenez ? D'abord, rien ne dit que la police va les coincer. Ensuite, leurs « amis » pourraient se charger de les venger. Les autres témoins, par contre… Eux ils mériteraient que leur lâcheté soit étalée sur la place publique. Vous ne trouvez pas ?

— Hum… Je ne crois pas. Je ne veux pas donner de noms. Je ne donnerai pas de noms. Sauf celui d'une personne, mais elle n'était pas dans le train. Et celui des deux salopards, j'espère bien.

Dimanche 15 h - S'il y a un truc de sacré dans ma vie…

… c'est bien le dimanche après-midi.

Chaque jour du seigneur que celui-ci est censé faire, je consacre quelques heures à ma longère de Petit-Mars-du-Désert. Longère, c'est un bien grand mot pour une si petite masure, mais c'est comme ça que l'agent immobilier me l'avait présentée. Comme beaucoup de gens qui, à force d'économies, finissent par réaliser le rêve d'une vie en se faisant acquéreur d'une demeure, je l'avais baptisée. *Mon petit paradis.* Je trouvais ça joli. Un peu niais, mais joli. Depuis, j'ai changé d'avis. On m'a tant et tant fait remarquer que c'était *très* niais que je me suis rallié à l'opinion générale sans pour autant ôter la pancarte clouée au-dessus de la porte. Disons que c'est un souvenir de ma période niaise, comme les peintres ont leur période bleue ou rose, alors je la garde cette pancarte ; elle crie au quidam qui passe « *ici vit un niais* », on s'attend à voir dans le jardin une escouade de nains, à la fenêtre Bobonne secouant les draps et dans la cour un fil à linge pliant sous le poids d'une ribambelle de caleçons plus ou moins blancs.

C'est comme ça. *Mon petit paradis* est le seul endroit sur Terre où Coco peut gambader en toute liberté. Il n'en profite guère, car tout combattant qu'il soit sur le papier, c'est un froussard. Coco craint les pies, par exemple. Les corbeaux, aussi. En revanche, il tente de se venger sur les moineaux, les rouges-gorges, en fait tout ce qui est plus petit que lui. Il est sadique avec les vers, les araignées, les escargots et autres bestioles qui n'ont pas la chance qu'ont les oiseaux de pouvoir lui échapper. Pour celles-là, les dimanches après-midi, *Mon petit paradis* se transforme en enfer.

Toumane était heureux. Il s'éclatait comme un môme de son âge avec un vieux frisbee tordu qu'il avait déniché dans la remise qui me sert à ranger les outils de jardinage. Ananké avait tenu à nous accompagner :

— Dis donc, c'est chouette ici ! J'aimerais pas y passer ma vie, mais c'est cool. On pourrait faire des barbecues !

— Un peu qu'on peut ! Côte de bœuf and co. Avec des grenailles de Noirmoutier cuites dans la braise. Le tout servi avec un rosé bien frais. Le pied !

— Et des sorbets en dessert ?

— Et des sorbets en dessert, si tu veux. Tout ce que tu veux ! Ici, c'est la liberté. Le verbe falloir est prohibé.

— Tu viens souvent ?

— Chaque dimanche. L'après-midi. Des fois en semaine, mais c'est rare, même si ce n'est pas l'envie qui manque, parfois.

— Tu n'as pas peur des voleurs ?

— Il n'y a rien à voler.

— Des squatteurs, alors ?

Des squatteurs ? L'idée ne m'avait jamais ne serait-ce qu'effleuré. Que viendraient faire des squatteurs dans ce coin paumé ? Trop petit. Trop isolé. À deux kilomètres de la première boulangerie et trois du bureau de tabac ? Non, ça manque de commodités, même pour des paumés. *Surtout* pour des paumés. Les sans-abri ne battent plus les campagnes.

— Tu crois que *Mon petit paradis* a une allure à attirer les squatteurs ?

— Non. Mais tu pourrais tomber sur des squatteurs un peu… enfin, qui manqueraient de goût.

— Ils seraient reçus ! Le voisin, le père Loruol, est champion de ball-trap. Avec son fusil, il te troue un cul de squatteur à cent mètres. Et le père Loruol, il perdrait pas une si bonne occasion de s'entraîner. C'est un bilieux. Pour lui, les humains se divisent en trois catégories. Les gens comme lui, je te rassure il y en a peu, les gens normaux, c'est-à-dire le tout-venant, comme toi et moi, et les autres, dans lequel tu peux mettre Toumane par exemple, mais aussi tout ce qui n'est pas d' « ici ». Il n'est pas raciste, dit-il, mais chacun chez soi. Il n'est pas raciste, selon lui parce qu'il n'aime pas « non plus » les chômeurs, les jeunes, les fonctionnaires, les SDF, les Basques – va savoir pourquoi – et les gauchistes. Ce qui prouve bien qu'il n'est pas sectaire. Et que la couleur de la peau n'a rien à voir là-dedans. C'est juste… un facteur aggravant.

— Ah… Sympa le gars ! Et… c'est quoi, un gauchiste, selon ton sniper de voisin ?

— Un gauchiste ? Alors là, c'est simple. Loruol te dirait que tu peux emballer les communistes, les socialistes, les anarchistes, les centristes, les syndicalistes, les altermondialistes, la plupart des journalistes et tous les extrémistes. J'en oublie, mais c'est l'idée générale. Lui-même n'est pas très fixé.

— Eh ben dis donc… Il ne serait pas un peu extrémiste, lui aussi ?

— Penses-tu ! Le père Loruol est un modéré. Tu verrais sa femme…

— Espèce de macho ! Et… tu arrives à t'entendre avec lui ?

— Non, mais il me rend service. Il taille les haies deux fois par an et amène un mouton régulièrement pour me tondre la pelouse et lui refaire une beauté. La crotte de mouton, c'est un engrais du tonnerre. L'hiver, il me fournit en bois et il ne se passe pas un dimanche sans qu'il me dépose une salade, un chou, quelques tomates ou je ne sais quoi qui pousse dans son potager. Si j'ai besoin de quelque chose pour bricoler, y a qu'à demander !

— Ouh là… Il t'a à la bonne !

— Il ne peut pas me voir en peinture, mais il croit que je suis commandant de police à Nantes. Et comme il a tendance à traficoter à droite à gauche…

— Ce n'est pas beau de mentir.

— Bah… Il y a des gens avec qui la notion du beau perd son sens.

— Au fait, Kant… En parlant de notion du beau qui perd son sens, on n'a pas recherché notre Jo la Filoche ! Tu as Internet sur ordi, dans ton paradis ?

— Ah non alors ! Ni Internet, ni ordinateur. Mais il y a l'eau, l'électricité, et un frigo.

— Pas grave. J'ai, sur mon portable. On essaye ?

— Tu sais quel jour on est ? Dimanche. Et le dimanche, depuis des temps immémoriaux, c'est relâche.

— Mon cher Kant… Loin de moi l'idée de vouloir remettre en cause les traditions, mais sais-tu ce que l'on dit à propos des imb…

— Oui. Il n'y a que les imbéciles qui ne changent pas d'avis. Je sais. Mais ça ne signifie pas que si je campe sur mes positions je suis un abruti. Pas plus que ça n'implique que ceux qui changent d'avis ne sont pas des imbéciles. Tu suis ?

— J'essaye.

— Eh bien continue d'essayer, ma « chère » Ananké. Tu ne voudrais pas changer d'avis, toi aussi, à propos de tes recherches sur Internet ? Hum ? Parce que tu n'ignores pas je pense ce que d'aucuns murmurent au sujet des imbé…

— Hé ! Ça va ! Joker. On va couper la poire en deux. Toi, tu respectes la tradition dominicale du petit paradis et tu bulles dans le jardin. Moi je vais me mettre à l'écart, par exemple sous cet arbre que j'aperçois là-bas, et je vais me connecter pour rechercher des traces de notre Sylvain Pierre-Machin sur la toile. M'étonnerais qu'ils soient des tonnes à s'appeler comme ça.

Ainsi fut dit, ainsi fut fait. La météo, clémente, m'autorisait à sortir le hamac et à me vautrer dedans pour savourer un moment les joies du farniente. Toumane jouait, Ananké gougoulait, j'ai…

Je me suis réveillé en sursaut. Si, des cris de sauvage, ça réveille en sursaut. Le sauvage en cause était *une* sauvage, en l'occurrence Ananké, qui non contente de hurler secouait mon hamac au risque de me faire tomber.

— Kant ! J'ai du lourd !

Du lourd. Allons bon. Il valait mieux pour son matricule que ce soit du *très* lourd.

— Mmmmm ? Du… lourd tu dis ?

— Oui ! Descends de là. Tu me fais peur.

Je n'ai jamais su de quoi elle avait peur, toujours est-il qu'Ananké me semblait bien excitée. Je suis descendu du hamac avec maestria.

— Alors ? Ton lourd ?

— Figure-toi qu'il n'y a aucun Sylvain Pierre-Machin sur le web.

— Ah. Et… c'est lourd, ça ? C'est Pierre-Église, le bon nom. Voilà…

— Je sais bien ! Il n'y a aucun Sylvain Pierre-Église nulle part sur la toile. Rien ! Que tchi oualou peau d'balle. J'ai fait trois moteurs de recherche. Je tombe sur un bled qui s'appelle Saint-Pierre-Église, quelque part dans la Manche. Ça nous fait une belle jambe. Mais des monsieur et madame Pierre-Église, il n'y en a pas. Et voilà.

— Et alors ? C'est pas parce qu'ils sont pas sur Internet qu'ils n'existent pas !

— Si, Kant. Si. Mais bon, laisse tomber, j'ai mieux. Figure-toi que…

— Tu m'ôteras pas de l'idée que c'est pas parce qu'ils sont pas sur Internet qu'ils n'existent pas.

— Figure-toi que j'ai mieux que ça, monsieur le mal réveillé ! Je sais qui c'est, Jo la Filoche ! Tiens, regarde !

Elle m'a collé son smartphone sous le nez. J'ai horreur de ça, trop près des yeux ça me fiche mal à la tête. La vieillerie…

— Recule, merde !

J'ai attrapé l'engin pour contempler l'écran à bonne distance. Et là…

— Ouais. C'est lui. C'est notre Jo la Filoche. Tu l'as déniché comment, l'animal ?

— J'ai fait appel à mon intelligence.

— Ah. C'est bien. Et donc…

— Donc, je me suis dit que Sylvain Pierre-Machin, c'était un faux nom. Donc, je me suis dit que si ton copain Jobard était au courant pour tes « arrières » qui étaient surveillées, peut-être qu'il connaissait le vrai. Le vrai nom. Donc, je me suis dit que s'il connaissait le vrai nom, il connaissait le gars « en vrai », aussi. Et voilà…

— Et voilà quoi, madame Einstein ?

— J'ai fait des recherches sur Jobard. Et j'ai trouvé. Il y a des dizaines de photos de lui. Dont une où on le voit à une sorte de pot, au boulot. Et figure-toi que qui qu'on y voit ?

— Jo la Filoche.

— Jo la Filoche. Exactement. À l'occasion d'un cocktail en son honneur. Pas en tant que filocheur, mais en tant que nouvellement promu commandant. C'est un flic ! Un *flic* ! Ça t'en bouche un coin, hein ?

— Oui. Et son vrai nom, tu l'as ?

— J'ai ! Calumet. Commandant Calumet. Tu parles d'un nom…

Lundi 10 h - Gut' râlait…

Il râle pour un oui ou pour un non, mais là il avait raison. *Quat'jeudis* devait sortir dans trois jours, et il n'avait pas vu l'ombre d'une esquisse de la maquette.

— Va y avoir un sus, te v'là prév'nu !

— Un sus ? Quel sus ?

— Un sus ! Ta r'mise de 30%, tu peux t'la carrer profond ! Marre de bosser jusqu'à pas d'heure. Hein ? Maria en fait des descentes d'organes et j'ai droit à la soupe à la grimace à tous les r'pas.

J'étais à la bourre. C'est fréquent. Avec Gut', on avait passé une sorte de contrat. Pour que le journal sorte en temps et en heure, je devais lui valider le bon à tirer deux jours avant la parution en kiosque. Soit le mardi dix heures du matin dernier carat, avec, au grand maximum, quelques petites retouches ou inserts de dernière minute. Là, je venais de lui dire qu'il aurait la version électronique avec au moins un jour de retard. Il a failli s'étrangler quand je lui ai expliqué que pour cette fois, j'avais besoin d'un tirage en dix mille exemplaires, c'est-à-dire presque le double de ce que l'on fait d'ordinaire.

— Kant, je crois qu'tu déraisonnes. Dix mille ? Hein ? Et avec du retard par-d'ssus l'marché ! T'as perdu la boule ? T'es amoureux ou quoi ? Hein ? C'est ta stagiaire qui t'fait perdre la tête que déjà t'en a pas d'trop ?

Ananké n'avait pas encore pipé mot. C'était la première fois qu'elle visitait une imprimerie et, un peu comme pour Merliton-Daubrieux, la légiste, elle voyait ses idées reçues s'effondrer « grave », pour reprendre un de ses tics de langage. Gut' s'est adressé à elle :

— C'est vous qui l'rendez comme ça ? Hein ? R'marquez, z'avez le physique, faut r'connaître. J'dis pas le contraire. Mais faudrait voir à pas l'ruiner, le Kant ! C'est qu'c'est un bon client… Si *Quat'jeudis* dépose le bilan, ben *L'encre sèche* a du souci à s'faire, c'est moi qui vous l'dis ! Hein ? J'ai comme qui dirait droit d'regard sur c'qu'il fait, vot' patron !

Elle ne savait pas quoi répondre, Ananké. Elle n'a pourtant pas sa langue dans sa poche, mais là, elle avait trouvé son maître. Gut' a toujours été imprimeur. D'abord apprenti, puis employé dans une imprimerie « à l'ancienne », il avait un temps été une « petite main » chez un des mastodontes du secteur avant d'envoyer paître son patron qu'il jugeait incompétent, tyrannique, mauvais payeur et malhonnête. Gut' avait alors rassemblé ses économies, emprunté un peu, loué un local en banlieue pour lancer *L'encre sèche*. Avec ses cheveux gris et longs noués en queue-de-cheval, ses petites lunettes rondes, ses pantalons amples et chemises bariolées, mon imprimeur préféré – et exclusif – tenait du beatnik étudiant attardé, un look qui contrastait avec ses rides déjà bien creusées et l'accent auvergnat aux « r » roulés qu'il se faisait une fierté d'exagérer. Un homme bourru, au parlé franc, qui pouvait impressionner malgré sa petite taille, sa constitution chétive et ses yeux malicieux. La crème… Maria, sa femme, lui avait « donné », comme il disait, six enfants. Six filles. « *Une par jour, sauf le dimanche !* »

Gut', qui tenait toujours sa comptabilité à la main, était peu auparavant passé à l'impression numérique. Une révolution pour lui, qu'il avait acceptée un peu contraint et forcé par une de ses filles, Maria-Isa, qui souhaitait reprendre les rênes de *L'encre sèche*, mais « *à condition que tu te décides de renouveler le matériel !* » Condition ferme, définitive et certainement nécessaire au vu de l'âge canonique des installations du père. Ce dernier avait vite convenu que ses nouvelles machines étaient plus rapides, moins chères, plus simples, moins encombrantes et plus faciles d'entretien que ses antiques prédécesseurs. Il lui manquait quand même les odeurs et le bruit, mais c'était ça ou la fermeture.

— Allez, Kant, raconte-moi tout. C'est quoi ton sujet-phare cette fois-ci ? Hum ?

Gut', il y a des années de cela, s'était fendu d'une visite à la capitale pour se rendre au salon de l'imprimerie. Il en était revenu enchanté, lesté d'une gueule de bois et de quelques idées neuves sur le métier, sous forme d'expressions bidon qu'il se fait désormais fort de placer dans les conversations. Le « sujet-phare » est un morceau de choix de cette collection.

— Mon sujet-phare ? Tu te rappelles des deux « suicidés » de la semaine passée, avec le TER de Rennes ?

— Y a encore eu des suicides ?

— Non.

— Ben alors comment tu veux que j'me rappelle ?

De fait.

— On a *cru* que c'était des suicides. Mais c'était autre chose.

— Ah ? Et… c'est pour ça que c'est phare.

— Tout juste. C'était un couple. Ils ont été passés par la fenêtre. Elle, elle est morte, et lui presque.

— Un meurtre.

— C'est ça. Un meurtre.

— Tout fout l'camp.

— Oui, Gut', tout fout l'camp.

— Et… on a retrouvé les coupables.

— Encore tout juste. Mais ce n'est pas ça l'important. Le phare, il éclaire d'autres gens.

— Les victimes !

— Tout faux. Les flics et la justice. Même le procureur de la République !

— Qu'est-ce qu'y vient faire là-d'dans, çui-là ?

Lundi 14 h - Toumane était en…

… beauté. En sortant de chez Gut', j'étais passé le prendre rue des Vieilles-Douves et l'avait embarqué dans un magasin de fringues, à Beaulieu. Les siennes étaient trouées de partout, tachées, trop petites pour lui et là où j'avais l'intention de l'amener il valait mieux qu'il soit habillé sobre, propre et « correct ». J'ai horreur des grandes surfaces, mais je reconnais que c'est pratique pour relooker un réfugié… et lui faire plaisir par la même occasion : Toumane était aux anges.

Une association venait d'être créée à Nantes, l'A.P.A.D.E.M, avec pour objectif l'organisation de l'hébergement d'enfants ou adolescents migrants par des familles d'accueil françaises. Je n'avais pas l'intention d'adopter, ou même d'héberger Toumane au-delà d'un certain temps, parce que mon mode de vie ne s'y prêtait guère, parce que je n'avais pas l'âme d'un père et, surtout, parce que ce n'était la bonne solution pour lui. Mais j'avais une idée derrière la tête.

C'est ainsi que j'ai poussé la porte de l'A.P.A.D.E.M, dans une ruelle de l'île de Nantes, suivi par un Toumane qui ne se posait pas de questions sur les raisons de notre escapade, tout fier qu'il était d'arborer sa nouvelle tenue. Un homme d'une soixante-dizaine d'années somnolait dans l'unique pièce qui jouxtait l'entrée transformée en salle d'attente. Il a sursauté, s'est redressé, a bredouillé :

— Oh pardon… Excusez-moi, je crois que je m'étais assoupi.

J'ai eu la politesse de ne pas confirmer.

— Bah ! Pour ne rien vous cacher, si je pouvais piquer un petit roupillon…

— La sieste, il n'y a que ça de vrai ! Une bonne sieste après le déjeuner, moi je crois c'est de l'hygiène de vie. C'est comme ça que mon grand-père a fini centenaire à l'époque où ce n'était pas encore à la mode. Un café ça vous dit ? Et toi mon petit, un jus d'orange ?

Toumane, bien sûr, n'a rien compris.

— Il ne parle pas encore le français… Mais déjà quelques mots, quand même. C'est impressionnant la vitesse à laquelle cet enfant apprend.

Je mentais. Il était trop tôt pour constater quelque progrès que ce soit.

— Oh ça m'étonnerait qu'il dise non. Les enfants, ça aime toujours le jus d'orange. Vous savez de quel pays il est originaire ? Pas le jus d'orange, hein, le petit ?

— Afghanistan.

— Hum… Afghanistan. La situation là-bas ne s'améliore pas. Et ce n'est pas près de s'arranger croyez-moi. Du sucre avec le café ?

— Deux, s'il vous plaît.

Il a fait le service.

— Bien ! Alors voyons… Qu'est-ce qui me vaut l'honneur ?

J'ai entrepris d'exposer la situation de Toumane. Et la mienne, par la même occasion. Quand j'ai mentionné *Quat'jeudis*, il a mimé un « ah !!! » éloquent. Il connaissait et appréciait ma gazette, de quoi renforcer la première impression, de sympathie, qu'il m'avait inspirée.

— Si je comprends bien, « Toumane » n'a pas de papiers et il est inconnu des autorités françaises. Il va falloir y remédier. De toute façon, un jour ou l'autre il sera contrôlé… Pour ce qui est de son adoption, comme vous le dites, cela pourra se faire, mais il ne s'agit pas à proprement parler d'une adoption au sens légal du terme. Voici ce…

Il m'a expliqué. En détail. Son rôle consistait à faire l'intermédiaire entre des familles prêtes à accueillir et les services compétents du

Département. Un rôle, disons, de débroussaillage, un rôle de facilitateur. Il est bien plus simple de se faire expliquer les choses par ce vieil homme sympathique et bénévole que par un employé administratif, aussi compétent soit-il, mais aux horaires on ne peut moins élastiques et qui vous reçoit dans un bureau austère après une heure de poireautage en salle d'attente. Selon lui, trouver une famille d'accueil n'était pas mission impossible. Ces familles, pour beaucoup, préféraient un jeune enfant, mais ils étaient rares. La plupart des migrants mineurs isolés de leurs parents avouaient entre quinze et dix-huit ans. Quand ils n'en avaient pas davantage et trichaient sur leur âge. Accueillir ne voulait pas dire adopter. Ce n'était pas définitif, et d'ailleurs il n'y avait pas d'indication ou d'engagement de durée. Je fus surpris d'apprendre que j'étais, ou plutôt que Toumane était une exception. La très grande majorité des enfants et adolescents accueillis étaient déjà pris en charge, scolarisés au collège ou au lycée, mais vivaient à l'hôtel sans réel accompagnement. À l'hôtel. Toumane était débrouillard, mais l'hôtel… Les gens qui poussaient la porte de notre hôte étaient donc des « parents accueillants » potentiels et pas des hurluberlus dans mon genre ayant trouvé un petit Afghan dans le coffre de leur 4L.

— Je parle, je parle… mais je ne me suis pas présenté ! Je suis le père Grézier. Mais vous pouvez m'appeler André. D'ailleurs, je ne suis plus curé. Je suis… curé défroqué, comme on dit.

Ouf ! j'ai pensé. Je n'ai jamais trop apprécié les bondieusards. Celui-là, défroqué ou pas, était sympa. Bavard, mais sympa.

— Vous avez perdu la foi ?

— Perdu ? Non. La foi, je ne l'ai jamais eue. Mais vous savez ce que c'est, on veut faire plaisir, on veut faire plaisir, et on finit par accepter n'importe quoi. Le n'importe quoi, pour moi, ça a été le séminaire. Comme d'autres font leur droit parce que c'est ce qu'avait décrété papa, ou danseuse étoile pour faire rêver maman, ou encore légionnaire comme l'oncle Gaston. Passons… Cet enfant est afghan, me disiez-vous ?

— Oui.

— C'est indiscret de vous demander comment vous le savez ?

— Pas du tout ! Il m'a désigné son pays sur une carte.

— Je vois.

Il a sorti de sa poche de veste un téléphone portable et s'est mis à pianoter.

— C'est formidable, ces engins. Attendez une seconde… Je tape… Voilà !

Il a tendu le portable, l'écran pointé vers Toumane, un sourire large comme une soucoupe. Toumane s'est penché, a souri à son tour, et a fait un grand geste de la main, bras tendu vers le haut, tout en presque criant quelque chose d'incompréhensible mais qui sembla réjouir le père Grézier :

— À la bonne heure ! Eh bien au moins il sait lire. Formidables, ces engins, je vous le disais ! Cet enfant comprend et sait lire le perso-arabe.

— Vous m'en direz tant.

— Je vous le confirme. Gougoule Traduction ! Pratique, avec les migrants. Quand ils savent lire. J'ai tapé « salut », en français, en cochant la case « Persan ». Et hop ! Traduction instantanée. Je ne vous propose pas de vérifier…

— Non.

— Parfait. Ça va nous permettre de trouver plus vite le bon interprète. Toujours ça de gagné.

— Très bien. Et… ensuite ?

— Ensuite, je pourrai avoir un entretien avec l'enfant, lui expliquer de quoi il retourne, tout ça grâce à l'interprète.

Bien sûr. Le père Grézier, sans quitter Toumane du regard, poursuivait :

— Il faudra qu'une famille soit intéressée. Premier point. Il faudra que Toumane soit intéressé, deuxième point. Et il faudra enfin, dernier point, que notre chère, très chère, *trop* chère administration donne son feu vert. C'est que c'est long, l'administration. Les parents sont pressés, les enfants sont pressés, mais les agents de l'administration, voyez-vous, sont lents. Ils prennent leur temps. Ils vous expliqueront qu'il y a des délais incompressibles, des effectifs compressés, et des fonctionnaires sous pression. D'où l'intérêt de notre petite association. Nous sommes une sorte de sas de décompression, si vous me permettez cette image. Vous reprendrez bien un café ?

— Merci. Sans façon. Et… j'aurai mon mot à dire, cela va de soi.

Il a toussé. Un peu à la Jobard. C'était une toux… significative.

— Il va de soi qu'une fois l'engrenage administratif lancé, vous n'aurez plus aucun droit sur l'enfant. Mais voyez les choses en face, vous n'en avez déjà aucun.

J'ai regardé Toumane. Il m'a souri. Il ne comprenait rien, mais il se sentait bien. Moi, moins. Cette image d'engrenage. Je me suis levé. Toumane m'a imité.

— Dans ce cas…

— C'est vous qui voyez.

Lundi 20 h 00 - Elle lisait un magazine people…

… dans la voiture de tête du train Rennes-Nantes. Martine Rouzès - Le Noan, étudiante en droit à la faculté de Rennes, demeurant à Nantes avec son notaire d'époux et fille aînée du procureur Rouzès semblait passionnée par la vie de papier des célébrités. Comme quoi on peut être bien né, bien marié, cultivé, étudier, et avoir des comportements de décérébré.

Ananké et moi l'avions facilement identifiée parmi les voyageurs en gare de Rennes. Merci Facebook et ses albums photos…

Je n'avais pas de plan préétabli quant à la manière de l'aborder. Elle s'était assise tout à l'avant, dans le sens inverse de la marche. Peut-être une façon pour elle d'observer les passagers, une séquelle de l'agression qui la rendait craintive, méfiante ? Elle n'en donnait pas l'impression, pourtant. Ananké et moi étions à l'autre extrémité du compartiment, côte à côte et dans le sens de la marche, ce qui fait que nous pouvions l'étudier à loisir.

Des années passées à enquêter, à rencontrer quantité de gens, à fouiller leurs vies m'ont procuré une sorte d'intuition, une capacité à « sentir » une personnalité en observant son comportement, sa façon de s'habiller, de parler, de se déplacer. Bref, mon travail rend psychologue, ceci dit en toute modestie. Martine Rouzès, sans être belle, avait du charme, un visage doux, cheveux châtains mi-longs, des yeux que de loin je devinais « intelligents ». Des yeux intelligents… J'ai toujours pensé, peut-être à tort, que l'intelligence se lisait dans le regard.

Elle était habillée davantage comme on imagine une jeune cadre dynamique que comme une étudiante. Tailleur gris clair, chemisier blanc, collier discret mais élégant. Bref, si sa passivité lors de l'agression devait lui valoir de comparaître un jour devant un jury, son apparence serait pour elle un atout. Même si, comme on dit, l'habit ne fait pas le moine. Ou plutôt, en l'occurrence, le tailleur ne fait pas la bonne sœur.

Restait à l'aborder et à l'entendre. J'ai chuchoté :

— Tu en penses quoi, Ananké ? On l'entreprend comment, la femme du notaire ?

Ananké a froncé le nez. Dubitative.

— On ? Tu ne penses pas que toi tout seul...

— Ou *toi* toute seule ? De fille à fille…

— Tu as plus d'expérience. Je pourrais gaffer et tout faire capoter. Vas-y toi…

Mouais… J'ai pris le taureau par les cornes :

— On y va tous les deux. C'est moi qui cause. Tu interviens comme tu le sens, si tu le sens, quand tu le sens. Ok ?

— Allons-y comme ça. Après tout, on a d'autres témoins à questionner. Si ça se passe mal, on a des roues de secours.

Des roues de secours ? Ou des bouées de sauvetage. On s'est levés, on y est allés.

Martine Rouzès avait pris place près de la fenêtre, il n'y avait pas d'autres voyageurs dans le carré. Je me suis assis face à elle, Ananké s'est installée à ma gauche. Martine Rouzès nous a dévisagés. Réaction normale : on faisait une intrusion pour le moins anormale dans son espace vital. Je ne lui ai pas laissé le temps de trop s'interroger :

— Bonjour ! Je m'appelle Quentin Dickens, et voici ma collaboratrice, Ananké. Nous aimerions avoir un entretien avec vous. Si vous le voulez bien.

— Un entretien ? Mais… À quel sujet ?

— Nous sommes journalistes.

— Et… En quoi est-ce que je peux intéresser des journalistes ?

J'ai attendu quelques secondes avant de répondre, en la regardant droit dans les yeux.

— Ça s'est passé lundi dernier. Dans ce même train.

Ananké a ajouté, mais d'une voix douce, et en faisant mine de s'épousseter le genou :

— Mais dans la voiture de queue.

La jeune femme a blêmi. Elle avait compris. Qui n'aurait pas compris ?

— Qu'est-ce que… Comment avez-vous… ?

Elle a marqué une pause, a fixé Ananké, puis son regard est revenu vers moi. Les yeux dans les yeux.

— Qu'est-ce que vous me voulez ?

— Que vous nous racontiez ce qui s'est passé.

J'ai regardé ma montre et ajouté :

— Il nous reste quarante minutes avant d'arriver à Nantes. C'est largement suffisant.

— Je n'ai rien à raconter. Laissez-moi.

Elle a commencé à se lever. D'un geste de la main et en quelques mots je l'ai stoppée :

— Vous avez vu ce qui s'est passé. La jeune femme est décédée, son compagnon est en piteux état. Vous ne pouvez pas ne pas parler. Vous ne pouvez tout simplement pas.

Elle s'est rassise. Front plissé.

— Je n'étais pas seule, vous savez. Personne n'a bougé. Nous étions comme… paralysés. La peur. Peur de cette violence. Peur de subir le même sort. Plus que de la peur. De la terreur. Impossible de… de faire quoi que ce soit, de dire quoi que ce soit. Ils étaient… effrayants. Il y avait des hommes dans le compartiment. Même eux n'ont pas fait un geste.

— À vous tous, vous auriez pu tenter quelque chose.

— Oui, sans doute. Peut-être que si l'un d'entre nous était intervenu, s'était simplement levé, ou les avait interpellés, alors nous aurions fait bloc. Peut-être… Mais personne n'est intervenu. Personne n'a osé faire le premier pas. C'est… C'est terrible, je sais. Je sais.

Un silence s'est installé. Une minute. Une très longue minute que j'ai fini par interrompre :

— Vous êtes la fille du procureur Rouzès. Nous le savons. Vous vous êtes confiée à lui, n'est-ce pas ?

Elle a tiqué. Il y avait de quoi. Elle devait se demander comment je savais tout ça.

— Vous êtes bien renseigné. Et maintenant ? Et… après ?

— Je dirige un journal. Une « gazette », disons. *Quat'jeudis*. Le prochain numéro sortira ce jeudi, et l'affaire des défenestrés du Rennes-Nantes fera la une.

— Je vois…

— Je ne suis pas certain que vous « voyiez » vraiment les conséquences d'un tel article. Les grands quotidiens régionaux ont déjà oublié ce qui s'est passé. Des suicides, il y en a tant… Et puis ils ont assez de matière par ailleurs pour alimenter les curiosités morbides de leurs lecteurs. L'affaire a été classée. Suicides… C'est votre père qui l'a classée. Enterrée. Et…

— Et il l'a classée en sachant pertinemment qu'il s'agissait d'une agression.

— Exactement. Ce qui fait que l'article, s'il « déballe » la vérité, toute la vérité, va faire des remous, beaucoup de remous dont votre père va pâtir. Peu ou prou. Plutôt prou.

Elle a baissé la tête, posé une main sur son front. À sa façon de respirer j'ai deviné qu'elle se retenait de pleurer. Elle a relevé la tête :

— Il a fait ça pour me protéger. Il pensait que s'il y avait une enquête, je risquais d'être citée, peut-être mise en cause pour non-assistance à personne en danger. La presse n'aurait pas manqué de préciser que la fille d'un procureur était restée les mains dans les poches alors que deux personnes se faisaient assassiner. Pire : qu'elle n'avait pas témoigné spontanément auprès des autorités. Pénalement, je ne courais pas grand risque, on aurait justifié par le choc psychologique. Mais vis-à-vis de l'opinion publique…

— C'était une vision simpliste, et risquée. La preuve. Maintenant, vous ne courez pas beaucoup plus de risques, par contre votre père… Pas besoin de vous faire un dessin : sa carrière est terminée. Pour couvrir l'excusable, il a commis l'inexcusable.

Il n'y avait pas de mouche à entendre voler, ni d'ange à regarder passer, mais ça aurait été une belle occasion.

— Carrière terminée… Oui. Si vous publiez cet article.

— Je le publierai.

— Vous allez publier, et cela va briser une vie. Et… cela ne vous fait rien ? Pour vous, ce qui compte, c'est votre petit intérêt, faire le scoop, qui va vous faire vendre dix fois plus que d'ordinaire, qui va vous faire connaître… Mon père a réagi comme tous les pères auraient réagi. C'est moi la fautive. Vous avez des enfants ?

J'ai pensé à Toumane.

— Non, je n'ai pas d'enfants.

Ananké a rétorqué :

— Ne rien dire, c'est aussi laisser deux assassins en liberté. Deux assassins qui vont peut-être récidiver. En parler, c'est aussi informer. Il y a, dans la réaction, ou plutôt dans la non-réaction des personnes ayant assisté à la scène, matière à explications. Nous sommes tous susceptibles de vivre un jour ou l'autre ce que vous avez vécu. Dans l'article, nous n'allons pas jeter l'opprobre sur les passagers restés passifs, nous allons expliquer le phénomène psychologique qui a empêché d'éviter le drame. Alors oui, votre père va payer les pots cassés, mais si l'on considère le sujet sous un angle plus large, le positif l'emporte sur le négatif. Désolée…

Martine Rouzès s'est mise à pleurer. Pas de sanglots, juste des larmes qui coulaient. J'ai laissé passer quelques instants, puis j'ai fait ma proposition :

— Il y a un moyen d'éviter tout ça, vous savez…

Tendre une perche. Toujours tendre une perche. Elle a levé les yeux vers moi :

— Lequel ?

— Il suffirait que votre père rouvre l'enquête.

— Il n'acceptera jamais. Et même… Il dira quoi, votre article ? À moins de taire une bonne partie de la vérité, ou de mentir, si vous publiez quoi que ce soit il sera mouillé et essuiera les pots cassés !

« *Et moi aussi* », devait-elle penser, « *et mon mari aussi* ».

— Non. Et puis, on peut être mouillé sans être trempé. Tout dépendra de sa réaction.

— Quelle réaction ?

— La sienne, quand je lui ferai ma proposition.

— Vous ne connaissez pas mon père ! Il va vous…

— Tss tss… Je ne connais pas votre père, c'est vrai ; pas encore, par contre je connais les hommes. Rassurez-vous, tout va s'arranger. Vous me donnez votre 06 ?

Ce n'était pas une question. C'était un ordre. Elle m'a donné son 06.

Mardi 13 h - Le procureur Rouzès avait ses habitudes…

… oh oui il en avait ! Depuis ce jour-là il en a sans doute encore, mais ce ne sont plus tout à fait les mêmes.

J'avais passé une partie de la nuit et la totalité de la matinée à préparer l'entretien. Rassembler mes idées. Peaufiner mes informations à son sujet, en lisant sur le net des dizaines d'articles le concernant. Tenter de cerner sa personnalité, d'anticiper ses réactions.

Le procureur avait ses habitudes, donc, à La Fourmi, un restaurant nantais de la place Graslin, l'un des plus courus de la cité des ducs de Bretagne. Monsieur y avait sa chaise. Service irréprochable, accueil chaleureux, salle pleine mais ambiance feutrée dans un cadre agréable, on y mange bien pour un prix raisonnable. Je savais que, sauf congé annuel, déplacement ou maladie, il déjeunait là tous les midis, du mardi au vendredi. On ne réussit pas dans la gazette populaire sans avoir des tuyaux sur les personnalités, et le procureur Rouzès en était une.

Je suis entré dans l'établissement le sourire aux lèvres, décontracté, le pas assuré de quelqu'un qui sait où il va ct pourquoi il y va. Serveurs et serveuses ont esquissé quelques courbettes. J'ai repéré ma cible, assise au fond, seule à sa table. Je me suis approché.

— Monsieur le procureur…

Il a levé le nez, puis le menton, enfin les sourcils. Bel enchaînement, qui demande de l'entraînement. Il y a des métiers comme ça, où le paraître est essentiel. On appelle ça le « savoir-être » dans les formations au management, en complément au « savoir-faire » et au savoir tout court. On n'imagine pas un procureur de la République sans le paraître qui va avec, tout comme on n'imagine pas un avocat privé de grandiloquence, quand ce n'est pas de suffisance. Le savoir et le savoir-faire passent souvent au second plan, tant il est vrai que le paraître peut les rendre accessoires. Je caricature, bien sûr, mais tout de même…

Donc, après avoir haussé le nez, le menton et les sourcils, son altesse le procureur a activé sa menteuse :

— Monsieur ?

— Quentin Dickens. Je peux ?

Je désignais la chaise vide en face de lui. J'y pris place sans attendre le verdict.

— Mais… Nous nous connaissons ?

Les gens comme Rouzès rencontrent beaucoup et donc « connaissent » beaucoup. Ils ne se souviennent pas toujours. C'est compréhensible, les procureurs voient défiler quantités de quidams de tous poils, et on a beau avoir une mémoire d'éléphant, blague à part, il est aisé de se tromper.

— Si nous nous connaissons ? Moi oui, vous non.

Je m'étais installé sans plus de formalités. Il était sidéré. L'habitude d'être traité avec égards. Une habitude de plus. Je crois que plus nous avons d'habitudes, plus nous sommes fragiles dès lors qu'on en sort. Une « technique » que j'utilise souvent consiste à déplacer les gens, en quelque sorte, en dehors de leur périmètre d'habitudes. Un bon petit dépaysement, cela déstabilise. Pour le coup, le procureur Rouzès était d'emblée plutôt perturbé :

— Mais…

— Il faut que je vous entretienne d'un sujet grave. Il y a eu mort d'homme. De femme, plus exactement. Le « double suicide » du Rennes – Nantes, ça vous dit quelque chose ?

— Mais…

Pour un procureur il manquait de vocabulaire. Et il suait. Beaucoup. Trop, pour un homme censé se maîtriser en toutes circonstances. Il avait tombé la veste et de larges aréoles souillaient sa chemise.

— Mais. Vous avez raison, Procureur, il y a un « mais ». Ce « mais », c'est qu'il ne s'agit *pas* d'une affaire de suicide. Et quelque chose me dit que vous en êtes conscient.

Là, j'y allais un peu fort. Parce que le quelque chose en question me « disait » certes beaucoup, mais « dire », pour un homme de loi, ce n'est pas suffisant. Paroles, paroles… Cependant, une vie réussie est parsemée de paris.

Il suait de plus en plus, son front brillait. Tout le monde sue, mais lui en l'occurrence suait plus que tout le monde. Les halos qui s'étaient formés sous les aisselles sur sa chemise à peau du cul d'euros s'élargissaient. Pauvre France. Il avait bonne mine, le Jean-Eudes.

Le serveur s'est pointé, mon procureur a commandé un cognac en apéritif, assorti d'olives vertes « comme d'habitude Bernard ». Je me suis restreint à un Picon bière et « va pour les olives Bernard », on ne se refait pas.

C'est Rouzès qui a attaqué, comme le font parfois les gens sur la défensive :

— Je vous préviens, je…

J'ai coupé :

— Avec des olives noires, c'est meilleur. Vous connaissez la différence entre les olives vertes et les olives noires, monsieur le Procureur ?

— Je vais vous faire expulser de ce restaurant ! Je vais vous…

— Si vous trempez une olive noire dans le cognac et que vous laissez mariner, au bout de quinze…

— La ferme ! Que voulez-vous à la fin ?

Il avait dit ça d'un ton agressif, mais en chuchotant presque. Curieuse impression. J'aurais juré qu'il avait hurlé, mais pas un convive ne s'était retourné. C'est la magie du paraître. Des hommes comme le procureur Rouzès savent exprimer dix émotions d'un simple mouvement de menton, quand vous et moi devons déployer des trésors d'imagination pour faire comprendre à l'élu(e) de notre cœur que nous l'aimons. J'ai souri, il s'est calmé :

— Qu'est-ce que vous voulez ?

— Pas la main de votre fille, ça c'est acquis. Non qu'elle manque de charme, notez, mais elle manque… d'éducation. Oui, c'est ça, d'éducation.

— Je ne vous permets p…

— Chut… Nous ne sommes pas au tribunal ! Ni dans votre bureau. Ici, c'est moi qui dis. Compris ?

Il n'a pas compris, et ça se comprend, alors j'ai précisé, chuchotant presque aussi :

— Il se trouve que fifille a eu des remords. La pauvre Martine… C'est allé trop loin. Ou pas assez, d'une certaine façon. Alors, elle a eu des remords, votre petite Martine. C'est humain. Vous me suivez ?

— Que voulez-vous ? Qu'est-ce que c'est que cette histoire ? *Quoi* ma fille ?

— Je me présente plus en détails. Quentin Dickens, mais c'est Kant pour les amis. Vous pouvez m'appeler Quentin. Directeur de *Quat'jeudis*. Le quasi mensuel. Vous connaissez ?

Bien sûr, il connaissait. Il a acquiescé. Sa suée frisait la marée haute, des remugles me chatouillaient le nez.

— Et alors ?

— J'irai jusqu'au bout. Et le bout, pour moi, c'est le prochain numéro de *Quat'jeudis*. Bientôt. Très bientôt. Après-demain !

— Mais où voulez-vous en venir, enfin ? Et puis, quoi qu'il en soit, personne ne vous lit !

— Tss tss… Tirage à quatre chiffres, tout de même. Ça reste local, mais tirage à quatre chiffres… En moyenne, parce que pour le prochain, on va faire mieux. Cinq, sans doute. Imaginez ! Toutes ces personnes qui apprennent que… Qui apprennent, et qui colportent. Le bouche-à-oreille, radio comptoir, la nouvelle qui se répand, qui enfle, s'amplifie, se déforme… Mes lecteurs sont bavards, que voulez-vous. Pas bon pour vous, ça. Pas bon non plus pour son notaire de mari, à cette brave Martine. Votre gendre est bien notaire ? Pas glop. Vous connaissez Pifou ? Le petit chien Pifou… Mais si, quand vous étiez petit ! Vous avez été petit un jour, non ? Allons…

Il y a des gens qu'on n'imagine pas enfant. Les gens « sérieux », souvent, donnent l'impression d'avoir toujours été tels qu'ils sont, austères, vieux et propres sur eux. Illusion ! Ils en ont fait, des areuh areuh. Ils en ont fait, des bêtises de mômes, des crises d'ados. Ils gardent même en mémoire quelques gros mots :

— Je vais vous faire fermer cette… cette putain de feuille de chou !

— Mais non, voyons. Vous allez peut-être essayer, mais non. Au contraire, vous allez me faire de la publicité. Vous comprenez ?

— Qu'est-ce que vous voulez ?

— Que l'affaire soit rouverte. Et requalifiée en homicide. Je vous offre les coupables sur un plateau.

— Impossible.

— Tout est possible. Ça ne dépend que de vous. C'est vrai, il y a un hic. Un gros hic. Revenons à nos moutons. Pardon : à votre fille. Votre fille…

— Ma fille ?

— C'est un crime. Un double crime. Elle y a assisté, elle n'a pas bronché. Classique. Mais le remords… Ah, le remords ! Le remords est une seconde erreur, dit-on. Ah non, pardon, c'est le regret qui l'est. Est-ce qu'elle regrette ? Elle est venue vous voir, vous a tout déballé. Ça, c'est un bon point pour elle. Mais vous avez décidé d'étouffer. De classer l'affaire en suicide. Vous avez fait ça pour elle, pour qu'elle ne soit pas éclaboussée. C'est, d'une certaine façon, une noble action Quel père, n'est-ce pas… ? La solution ? Facile, avec un Jobard dans la poche. On travestit. Résultat : deux criminels en liberté, et des témoins qui resteront tourmentés à vie. Le remords, eux aussi… Et puis, il y a la non-assistance à personne en danger. De ce côté, vous êtes bien placé pour savoir qu'aucun tribunal ne viendra leur reprocher leur… passivité. Mais en ce qui vous concerne, c'est autre chose. Vous avez commis… disons un maquillage ? Comment dit-on dans votre jargon ? Recel de… De quoi déjà ? Peu importe, le public comprendra.

Il s'est essuyé le front avec sa serviette. Il a dégluti. Il a desserré son nœud de cravate, a toussé, s'est raclé la gorge. C'est fou ce que l'on peut faire comme choses quand il n'y a plus rien à faire. Pour sa défense, disons qu'il ne réalisait pas encore à quel point il n'y avait, de son côté, plus rien à faire.

— Vous avez des preuves, pour ces… coupables ?

— Évidemment. Vous me prenez pour un débutant ?

Le serveur s'est approché avec cognac, Picon bière et olives vertes. De quoi laisser quelques secondes de réflexion au potentiel futur ex-procureur.

— Quel… genre de preuve ?

— Un témoin. Non : deux. Prêts à témoigner devant un jury, cela va sans dire.

— C'est léger.

— J'ai mieux, si cela ne suffit pas.

— Mais encore ?

— Un brise-vitre. Avec de belles empreintes dessus. Notre ami Jobard saura les faire causer. Moi, même avec la meilleure volonté…

Il était coincé. Pas encore tout à fait, il lui restait une carte à jouer.

— Comment pourriez-vous prouver, pour ma fille…

— Et pour vous, vous voulez dire ? Simple. Un témoin l'a reconnue.

— Léger, encore une fois.

— En effet. Mais il y a aussi Jobard. Il va sentir le vent tourner. Je connais l'animal. Vous aussi. Vous ne pensez pas que… Qu'il a déjà choisi son camp ?

Il pensait, ça se voyait. Et ça se sentait. Sous ses aisselles, l'inondation prenait de l'ampleur.

— C'est bon, vous gagnez. Je perds. Qu'allez-vous publier au juste ?

— À la bonne heure ! Faute avouée est à moitié pardonnée. Ce que je vais publier ? Eh bien tout dépend de la promptitude avec laquelle vous allez rouvrir le dossier. Et annoncer au monde que vous vous êtes fourvoyé. De la diplomatie, Jean-Eudes, de la diplomatie ! Vous saurez faire. Alors, il se peut que certains détails de l'affaire n'apparaissent pas dans mon article. Il se peut. La balle est dans votre camp.

La balle était dans son camp. Oui. Mais elle était aussi dans le mien, et j'avais plutôt intérêt à ne pas rater le but. Après tout, je n'avais aucune certitude sur l'exploitabilité du brise-vitre. Jobard allait-il me revenir avec de belles empreintes ?

J'ai piqué une olive dans sa soucoupe et me suis éclipsé. Optimiste et enchanté.

Mardi 17 h - Jobard avait fait vite…

… le brise-vitre comportait plusieurs empreintes exploitables. Et… bingo ! L'une d'entre elles correspondait à un certain Bruno Lajoue, dernier domicile connu à Malakoff, un quartier réputé « chaud » du centre de Nantes, connu des services de police parce que traînant derrière lui un casier judiciaire déjà bien rempli pour ses vingt-six ans. Condamné pour vols avec violences, agressions avec coups et blessures, trafic de stupéfiants, il avait effectué cinq séjours derrière les barreaux pour une durée cumulée de près de sept ans, remises de peines déduites. Il avait par ailleurs été mis en cause, quoique non poursuivi, dans deux affaires de viol.

Un pedigree en adéquation avec une double défenestration.

J'avais retrouvé mon Jobard au *Marin qui fume*. Les fins d'après-midi, en semaine, y sont calmes et c'est l'endroit idéal pour discuter utile en y joignant l'agréable. Mon lieutenant bienaimé arborait un air penaud et s'était constitué un ton de soumission, la voix basse, tel un marmot s'apprêtant à confesser l'inconfessable. J'hésitais entre jubilation et prudence :

— Tu vois, Jobard, ce brise-vitre cause…

— Pff… Un avocat te rétorquera que rien ne prouve qu'il s'agisse du brise-vitre du Rennes-Nantes de dix-neuf heures vingt-huit.

— Un autre lui demandera comment son client explique la présence de ses empreintes sur ce brise-vitre.

— L'avocat inventera n'importe quoi. Les avocats sont formés pour ça. Par exemple, il l'expliquera par le fait qu'un jour, voyageant de Rennes à Nantes par le train et en possession d'un brise-vitre, il l'avait pour une raison qu'il a oubliée, jeté par la fenêtre.

— Personne ne croira une chose pareille…

Il a soupiré et reconnu les faits :

— Personne, en effet. Tu bois quelque chose ? C'est ma tournée.

Une fois n'est pas coutume ! J'ai accepté le Picon bière de dix-sept heures. Jobard a demandé un café. Un silence s'est installé. On cogitait chacun de son côté. Tournesol, le patron, nous a servis :

— Dites donc, les gars, c'est pas jour de fête on dirait !

Je me suis secoué et en ai remis une couche :

— Il n'y a pas que le brise-vitre. La fille Rouzès pourra l'identifier, ton Lajoue. L'Homme de fer aussi.

— L'homme de fer ? C'est qui, ça, l'« homme de fer » ?

— Un brave type qui a eu le malheur d'assister au massacre, un handicapé qui n'avait pas besoin de ça. Et je pense que certains parmi les autres voyageurs présents ce soir-là vont aussi témoigner. Ananké est en train de les visiter. Ils témoigneront, crois-moi. C'est l'effet domino. Suffit qu'il y en ait un qui se couche et…

Jobard réfléchissait tout en touillant son café.

— Au fait, Kant, je ne t'ai pas dit, mais Rouzès a rouvert l'affaire. Et je suis chargé de l'enquête.

— Non… ? Quelle surprise, vraiment !

— Arrête ton char, tu veux ? Je sais que tu es allé le bousculer ce midi. Il me l'a dit. Et pour qu'il me le dise, il faut sérieusement qu'il balise. Sa carrière, tu comprends…

— Il y a la tienne en jeu aussi, si tu réfléchis.

— Fais pas chier, Kant. On a toujours été bons amis. Si tu publies quelque chose dans ton torchon, je comprendrais que tu me cites, mais fais pas le con, brode une histoire pas trop… pourrie.

Je ne « brode » jamais. Et « broder » me fait penser à « broderie », qui rime avec « ennui ». Si je mens, c'est par omission. Par contre, je sais enjoliver. Quand il s'agit de mettre des oreilles de Mickey à un article, je n'ai pas mon pareil. Je savais qu'il faudrait que j'enjolive le rôle de Jobard, j'ai trop besoin de lui. Et il savait que je savais, ce salopard. Tout était question de dosage dans l'« enjolivage ».

— L'article sort après-demain. Ce soir, cette nuit plutôt, je vais finir de l'écrire. Demain, avant midi, j'insérerai les photos et puis j'enverrai le tout à l'imprimerie. Gut', l'imprimeur, me maudit, mais il tiendra le délai. Il faut que *toi aussi* tu tiennes le délai, lieutenant Jobard…

— *Quel* délai ? Un délai pour quoi faire ?

Je l'ai laissé mariner le temps d'avaler trois gorgées :

— D'abord tu vas montrer une belle photo de ce Lajoue à la fille Rouzès, puis à l'Homme de fer. Une fois l'identité confirmée, ce dont je ne doute pas une seconde, tu vas interpeller notre homme et lui faire cracher le morceau, ce morceau comportant l'identité de son complice et des aveux complets, avec mobile et *modus operandi* compris. Le délai pour tout ça ? Demain à l'aube, ce serait bien. Disons dix heures dernier carat.

Il a levé les yeux au ciel :

— Infaisable !

J'ai haussé les épaules :

— Tentable.

Jobard a regardé sa montre. Il a ensuite extirpé son téléphone de sa poche, a pianoté quelques touches, hoché la tête, grimacé :

— Elle a une adresse e-mail, la fille Rouzès ? Et ton estropié ? Je veux dire : ton « Homme de fer » ?

— La fille, sans doute. Elle est de la génération où on préfère être sourd et cul-de-jatte que privé de portable ou d'ordi. L'Homme de fer je ne sais pas.

— La fille suffira pour le moment. Tu la connais son adresse mail ?

— Qu'est-ce que tu as en tête ?

— J'ai une photo de Lajoue sur mon téléphone. Je lui envoie la photo, elle l'identifie, alors je taille la route demain à l'aube sur Malakoff en priant le bon dieu pour que le lascar soit au nid. Avant ça, j'appelle le procureur pour qu'il m'adresse un mandat par mail. Et je rameute des collègues, parce que là où il vit, le Lajoue, tu n'y vas pas les mains dans les poches en sifflotant Le pont de la rivière Kwaï. J'en connais un qui en est revenu les pieds devant ; une gazinière jetée du cinquième étage sur le crâne, il a préféré mourir sur le coup.

C'est vrai. Une gazinière, c'est dangereux. Il y a quelque temps, j'ai fait un long article sur les violences urbaines. Sujet complexe et casse-gueule. Je suis allé dans les « zones de non-droit » et je ne me suis pas fait « non-droiter », même si j'ai ressenti l'insécurité, comme une furieuse envie d'aller voir ailleurs si j'y suis, du coup d'y aller et par bonheur de m'y trouver. J'ai rencontré des jeunes bien sous tous rapports, d'autres mal sous tous aussi, et d'autres encore à califourchon sur la frontière qui sépare les deux clans. Il suffit d'une pichenette pour qu'ils basculent du côté obscur, mais il faut un sacré remorqueur pour inverser la tendance. Une société a les délinquants qu'elle mérite.

— Alors, Kant ? T'es d'accord ? On peut pas faire plus vite pour alpaguer ton minus.

— Pas besoin du mail, pour la fille à papa. Tu lui envoies en mms direct sur son 06. Ça sera encore plus court. Et tu me mets en copie, tu seras un amour.

— Faut toujours que tu aies le dernier mot, hein ? Ok. Je t'écoute. 06 combien… ?

Il a tapé le 06, je lui ai indiqué la suite du numéro. Encore quelques secondes et la photo de l'agresseur serait sur le téléphone de Martine

Rouzès. Je l'ai appelée dans la foulée pour m'assurer qu'elle le visualisait.

— Allô ? Martine Le Noan ?

— …

— Quentin Dickens, de *Quat'jeudis*. On s'est rencontrés hier dans le train, vous vous souvenez ?

— …

— Oui. Vous avez reçu ou allez recevoir une photo sur votre portable. Ce n'est pas une proposition de site de rencontres, c'est le lieutenant Jobard, un des meilleurs flics de Nantes, qui vous l'envoie.

— …

— Parfait. Cliquez sur l'image pour avoir la photo en plein écran. Ensuite dites-moi ce que ça vous inspire.

— …

— Vous êtes absolument sûre ?

— …

— Excellent ! Merci ! On vous recontacte.

J'ai raccroché, rasséréné.

— Jobard, bravo, t'es un as. On tient notre homme. Elle le reconnait, sans hésitation. C'est bien ton Lajoue. Tu sais ce qui te reste à faire.

Le lieutenant, tout « meilleur flic de France » qu'il soit devenu, n'avait quant à lui pas l'air enchanté. Il était un peu… contraint et forcé.

— Et j'imagine que tu vas vouloir assister à l'interpellation…

— Tu imagines bien, Jobard. Tu imagines très bien. Et je viendrai accompagné, ne t'en déplaise. Une charmante jeune femme. Elle s'appelle Ananké.

— Je m'en doutais un peu… Pourquoi tu les appelles toujours Ananké ?

— Secret professionnel.

— Là où on va, ce n'est pas un endroit pour une jeune fille.

— C'est vrai, Jobard. Mais Ananké n'est pas une jeune fille ordinaire. Elle a… des talents cachés.

— Mouais. C'est toi qui vois. Lajoue, ce n'est pas un enfant de chœur, comme on dit. Les types comme lui, enfant, ils ne l'ont jamais été vraiment. C'est toi qui vois.

— Tu le connais ?

— Un bien grand mot. Il y a deux ans de ça, on s'y est mis à cinq pour le serrer. On aurait été deux de plus que ça n'aurait pas été du luxe.

— Violent ?

— Méchant. Bête et méchant. Non : très bête et très très méchant. La taule, il s'en fout. Lajoue, il fait partie de cette engeance qu'on voit de plus en plus dans les quartiers. Prêt à tout, peur de rien. Ni foi ni loi. Imprévisible. Et tellement con… C'est ça surtout qui fout les jetons.

J'ai levé mon Picon bière à sa santé, il a liquidé son café et on s'est séparés. Pour moi, direction la rue des Vieilles-Douves.

J'avais un journal à terminer.

Mercredi 2 h 30 - L'idée m'est venue comme une envie de...

… vérifier un dernier détail. Et, par la même occasion, de réveiller quelqu'un. Bignon. Mon fidèle Bignon, le régulateur au grand cœur. Râleur, mais grand cœur. Allais-je résister à la tentation de le tirer du lit au beau milieu de la nuit ? Non. J'ai fait mon sans-gêne, à la Jobard, et je l'ai appelé. Il a décroché.

— Mmmmmmmmmmmm… Mmmmmm ! Mmmm ? Hein ?

— Bignon ? C'est Kant ! J'espère que je ne te dérange pas ?

Si. Je dérangeais. Bien sûr que je dérangeais.

— Allô Bignon ? Tu dors ?

— Plus. Je dors plus.

— Tant mieux ! J'ai besoin de toi.

— Se passe quoi ? Au juste. Se passe quoi au juste pour que tu me klaxonnes à pas d'heure ? Hein ?

— Au juste ? Il se passe au juste que tu peux peut-être me renseigner. Tu peux *sûrement* me renseigner. Pour mon article.

— Un article ? Quel article ? Renseigner de quoi ? De qui ? Il sort quand ton article ?

— Ben… demain. C'est pour ça.

— Demain ? C'est pour ça ? C'est tôt, ça, demain. « Pour ça » quoi ? Au juste ?

— Si tu aurais un certain Lajoue dans tes fiches. *Bruno* Lajoue.

J'ai fait exprès, pour les fiches. Mon côté taquin. Bignon a horreur que l'on qualifie de « fiches » le chef-d'œuvre de sa vie.

— Des fiches ? *Quelles* fiches ? Je n'ai pas de fiches. J'ai une *base de données*, Monsieur. Une *base-de-do-nnées*. Cré nom d'une sainte j'ai pas de « fiches » ! Bruno Lajoue, tu dis ? Pff… Même pas besoin de « fiches » pour te causer de ce trou du cul. Mais je vais zieuter quand même. Des fois que. Bouge pas.

Je n'ai pas bougé. Toumane, lui, endormi sur le canapé, gigotait dans son sommeil, marmonnait des phrases, ou du moins ce que je pensais être des phrases incompréhensibles. Une langue étrange, agréable, douce. Apaisée. Difficile de croire que ce petit bout d'homme avait fui les talibans, la misère, la violence. L'intolérance. La barbarie. Tout ça pour quoi ? Pour un pays « riche », mais riche de choses et pas du bonheur escompté. Un pays qui ne se préoccupait pas plus que ça des milliers de Toumanes qui tentaient d'y vivre, d'y survivre. Mais au fond, ce que Toumane cherchait, ce n'était pas le bonheur, c'était oublier le malheur. Est-ce qu'il savait ce que c'était, le bonheur ? Sans doute que oui, malgré tout. S'il avait réussi à se trainer jusqu'ici dans des conditions que j'avais peine à imaginer, c'est qu'il avait de l'espoir en lui. L'espoir d'une vie meilleure. Une lueur de bonheur au bout du chemin. Et une lueur de b…

— Kant ? T'es pas mort ? T'es toujours là ?

— Plus que jamais. Alors ?

— Alors voilà. Je commence par le commencement. Lajoue Bruno, né en 1974, dernier domicile connu à Nantes quartier Malakoff. Père décédé. Renversé par un car alors qu'il avait un taux d'alcoolémie à décimer un troupeau de bisons. Mère sans profession. Elle vit d'allocations. Lajoue Bruno n'use pas longtemps les bancs de l'école. Il…

— Ok, ok… Génial. Si tu pouvais m'envoyer sa « fiche » par courrier électronique, tu serais chat.

— Chat ? C'est quoi ça, « chat » ?

— C'est comme « chou », mais avec un « a ». Un chat, quoi. Tu peux ou tu peux pas ?

— Évidemment que je peux. Chat… Tu t'arranges pas, toi. Tu veux que je te cause des articles qui lui ont dressé le portrait, à ton pote Lajoue, ou le CV te suffit ?

— Raconte-moi tout…

— Tout ? Ben pose tes fesses bien au chaud, parce que là, tout c'est beaucoup. Je te le fais court. On dit pis que pendre de lui dans les canards pour la première fois en 1990. Il n'a pas encore seize ans. Monsieur se distingue en braquant un Lavomatic armé d'une batte de base-ball et camouflé par un masque de Jacques Chirac. Montant du butin : vingt francs. C'est très con, je sais, mais Lajoue est très con aussi. Ceci explique cela. Les flics l'ont cueilli le jour même chez lui. Enfin, chez celle qui lui sert de mère. Il écope d'un rappel à la loi. Deux ans plus tard, il s'enhardit et s'en prend à la caisse du FC Bouguenais en pleine période de renouvellement des licences. Montant du butin : rien. Il se fait refaire le portrait et extraire la moitié des chicots par tout un vestiaire avant d'avoir pu s'enfuir avec les trois francs six sous qu'il avait réussi à chiper. Remis aux autorités, vite relâché. En quatre-vingt-quinze, le métier commence à rentrer et il passe aux choses sérieuses avec une tentative de viol sur une assistante sociale qui venait s'occuper des papiers de sa maman. Tentative avortée, parce que cet abruti est pris d'éjaculation précoce, ne parvient pas à « consommer » et s'assomme à moitié en voulant se relever avec le pantalon baissé. Résultat la fille réussit à lui envoyer un plein de gaz lacrymo dans les mirettes. Elle appelle les flics qui n'ont plus qu'à le cueillir. Il se retrouve en taule. Mais pas pour longtemps. La suite de son parcours, c'est agressions, vols, violences sexuelles, recels, trafics. Tout ça entrecoupé de séjours en cabane, parce qu'il est tellement branque ton Lajoue qu'il se fait gauler à tous les coups. Voilà voilà…

— Bête et méchant, donc, tu confirmes ce que m'expliquait Jobard. Un QI de tartine beurrée avec la férocité d'un lion d'arène affamé.

— Plus bête que méchant, mais déjà très méchant. Et dangereux. À mon avis, son cas relève de la psychiatrie. Finira chez les dingos, avec la camisole chimique, l'entonnoir sur le crâne et tout l'attirail. Au juste il a fait quoi, cette fois ?

— Il a jeté deux personnes par la fenêtre du TER. Et pas à l'arrêt… Une morte et un qui ne vaut guère mieux. Son avocat aura du mal à plaider l'accident.

— Ah… Y est pas allé de main morte. C'est le binz du Rennes-Nantes de l'autre jour ? Je croyais que c'était un suicide ?

— Ben tu croyais mal.

— Faudra que je revoie mes… « fiches ». Il s'est fait pincer, alors ?

— Pas encore. J'espère que ce sera réglé tout à l'heure.

— Tout à l'heure ? C'est bientôt, ça, tout à l'heure.

— Les flics doivent le serrer au petit matin. Dis donc, pendant qu'on y est… Tu aurais quelque chose dans tes tablettes au sujet du procureur Rouzès ?

— Rouzès ? Forcément.

Bignon, il connaît tout le monde. Sa femme et lui ont une mémoire des noms éléphantesque, un peu comme des mordus de ballon rond qui connaissent les joueurs de toutes les équipes des championnats, y compris celles de pays dont personne sauf eux n'a entendu parler et qu'ils ne sauraient pas placer sur une carte.

— Tu peux regarder, pour Rouzès ? Ça m'étonnerait qu'il y ait de la matière à glaner, mais sait-on jamais.

Au moment même où je terminais ma phrase, une autre idée pointait le bout de son nez dans ma cervelle fatiguée. Oublié, Rouzès. Des images floues de l'interpellation de Lajoue avaient occupé le terrain. Floues, très floues, parce que je n'avais qu'une vague notion de la manière dont Jobard et la ribambelle de policiers qui l'accompagneraient allaient procéder, mais les grandes lignes s'esquissaient. Jobard m'avait dit qu'il m'appellerait ou qu'il m'enverrait un sms pour me donner le lieu et l'heure, au dernier moment. Méfiance. Le temps que je me téléporte, le temps d'appeler Ananké, je risquais fort de rater l'événement et je tenais à mon scoop, avec des photos. Un article sans photo de l'arrestation, ou du moins des flics en action, ça ne valait pas tripette. J'exagérais, mais à peine.

— Bignon ?

— …

— Ok, tu me feras le topo sur Rouzès plus tard ; de toute façon, je n'aurai pas le temps de revoir ma copie, pour l'article. Dis donc, tu m'as bien dit que le dernier domicile connu pour Lajoue, c'était quartier Malakoff ? Ça date de quand ? Et tu peux être plus précis ? Malakoff, c'est grand…

— Attends une seconde. Je vais te retrouver ça. Voyons… Voilà ! Ça date d'il y a six mois. Ton pied nickelé est cité dans un entrefilet. Un mini scandale de relaxe suite à des vols de portables. Il habiterait rue d'Angleterre. Enfin, c'est fort probable. Pas d'infos plus précises, pas de numéro, désolé.

— Rue d'Angleterre ? Noté. Je ferai avec !

— Tu feras quoi, au juste, avec ?

— Je vais y aller.

— Si tu fais ça, t'es plus con que je pensais. Tu ferais mieux d'aller au lit.

— T'inquiète. À ces heures-là, c'est calme.

— C'est jamais calme, là-bas. *Jamais.* Va au lit !

— Salut Bignon. Et… merci !

Il me faudrait attendre encore quelques heures, pour le lit.

Mercredi 6 h - Tout s'est passé...

… trop vite. À cinq heures trente, j'étais sur zone avec Toumane, l'esprit en confettis. Je n'avais pas dormi de la nuit. Dix minutes plus tard, Ananké faisait une arrivée discrète, habillée en noir des pieds à la tête. Elle avait poussé le souci de la tenue de camouflage nocturne jusqu'à enfiler une cagoule noire et chausser des lunettes de soleil. Je me suis, un peu, moqué :

— Tu devrais te teinter le bout du nez.

Elle a rigolé :

— Fous-toi de moi… Tu seras bien content quand tu verras le résultat !

De son sac à dos, noir, elle a extrait son smartphone, coque noire, et un autre appareil, un peu plus petit mais noir aussi, qu'elle a tendu à Toumane :

— Tiens, gamin ! Tu sais t'en servir au moins ?

Toumane a attrapé l'engin, hilare, heureux. Il ne comprenait rien aux paroles d'Ananké, mais bien sûr qu'il savait s'en servir.

— Pourquoi tu lui donnes ça ?

— Pff… Il faut que je pense à tout dans cette équipe. On vient pour une arrestation, non ?

— Oui. Et alors ?

— Et alors, toi et moi on n'a aucune chance de monter dans les étages. Les flics nous laisseront pas approcher. Surtout toi. Tu sais quoi ? Tu pues l'intrus ! Mais Toumane…

Bien joué, Ananké, j'ai pensé.

On était assis sur un banc. À cent mètres à peine du numéro que Jobard m'avait indiqué par sms. Tout était calme, les rares passants étaient des travailleurs partant bosser.

— Prends quelques photos, Ananké.

— Déjà ?

— Déjà. Pour illustrer la vie du quartier. Ici, on commence à gratter bien avant que les bourgeois aient beurré leurs tartines grillées. Faut pas l'oublier. Il n'y a pas que des délinquants, dans les « quartiers », il y a surtout des braves gens qui triment pour joindre les deux bouts.

Elle a actionné sa mitraillette à pixels. J'observais les environs. Ce n'était pas ma première visite, mais je ressentais le besoin de m'imprégner du lieu. C'est important, de sentir les endroits. C'est important pour pouvoir en rendre l'atmosphère au plus juste. L'article était écrit et je n'avais pas l'intention d'y revenir, parce que Gut' m'aurait assassiné, et aussi parce que j'avais trouvé les mots qui me semblaient convenir. Morne et gris. Les rares taches de couleur, à Malakoff, sont des… taches. Voilà, des taches, comme posées là par volonté d'enlaidir. Les immeubles, hauts, sont tristes. Un empilement d'étages identiques. Certains ont des balcons, d'autres non. Des paraboles. La télévision comme unique distraction ? Les appartements sont plus confortables que le mien. Plus modernes. Plus spacieux. Mais je ne m'y plairais pas. Pourquoi ?

Je me suis retourné vers Toumane. J'aurais aimé qu'il puisse exprimer son ressenti. Pour lui, quatre murs et un toit, c'était déjà une sorte de paradis.

— Hé ! Il est passé où, Toumane ?

— Parti…

Ananké m'a lancé un clin d'œil.

— Parti ? Comment ça « parti » ?

— Parti. Mon petit doigt m'a dit que les flics n'allaient pas tarder. Alors, Toumane est parti.

Mon imagination, pourtant féconde, n'avait pas tout anticipé.

— Explique, Ananké ? Explique !

— Bah, il fallait que le môme monte *avant* que tes amis de la police arrivent. Alors voilà.

Un complot. C'était un complot. À l'heure qu'il était, Toumane était déjà en haut. Il descendrait les escaliers dès qu'il entendrait du bruit, et avec un peu de chance, il reviendrait avec un beau cliché de Lajoue quittant son appartement encadré par deux policiers. Je n'y avais pas pensé. C'était une bonne idée. Aléatoire, mais encore une fois, qui ne risque rien…

— Mes « amis » de la police ? Mouais. Tiens, puisqu'on parle d'eux…

Une arrestation au petit matin dans un « quartier », ce n'est pas la même que rue Crébillon[8]. Les délinquants ne jouent pas dans la même cour. Trois voitures sont arrivées sans crier gare et se sont immobilisées devant l'entrée où demeurait Lajoue. Deux policiers armés comme pour la guerre sont sortis de chacune d'elles et s'y sont engouffrés. Pas une portière n'a claqué. Pas un bruit de pas n'a résonné. Ananké et moi nous nous sommes précipités, mais Jobard s'est extirpé de l'une des voitures et nous a sommés de nous arrêter. Il avait raison. Un, ne pas se mettre en danger. Deux, ne pas entraver l'action des forces de l'ordre. Chacun son métier. Et puis on avait déjà un « homme » dans la place, et, de là où on était, on en voyait assez.

---

[8] Rue « chic » de Nantes.

Ananké a mis un genou à terre et s'est remise à mitrailler. Une série de photos de l'entrée, une autre des voitures de police, encore une autre de Jobard. Ce dernier gardait les yeux rivés vers l'entrée, sauf pour de temps en temps surveiller les abords. Personne. C'était sans doute sa principale crainte, qu'un attroupement se forme, ou pire que des « racailles » donnent l'alerte et déclenchent ainsi l'émeute.

Crainte injustifiée sur ce coup-là. Il ne s'est pas écoulé dix minutes entre l'arrivée des véhicules et la sortie de Lajoue, menotté, les bras tenus par deux policiers, vite propulsé à l'arrière d'une des voitures. Claquements de portes et crissements de pneus, cette fois. Et voilà. Vite fait, bien fait.

Toumane est sorti de l'immeuble comme il était entré, sans se faire remarquer.

Avant de filer, Jobard m'a hélé :

— Restez pas là ! Ça pourrait chauffer…

Ananké a fait encore quelques clichés, jusqu'à ce que la dernière des voitures disparaisse de notre vue, et on est repartis comme on était venus : à pied. On a quand même marché à l'accéléré, sans piper mot jusqu'à la « frontière » du quartier.

Mercredi 19 h - C'est bien beau…

… de mener des enquêtes, de rédiger des articles, de les assembler en maquette. C'est bien beau, mais patron de gazette c'est aussi de la logistique, de l'organisation, de la négociation et de l'imagination ; bref : de la sueur et de l'huile de coude. Entre la sortie de l'imprimerie, où dix mille exemplaires sont soigneusement empilés par paquets de cinquante – merci Gut' ! – et les présentoirs des deux cent douze points de vente que j'ai pu conquérir de haute lutte dans le département, il y a du taf. Ça s'appelle la « distribution ». Je distribue, tu distribues, il ou elle distribue, nous distribuons, vous distribuez, ils ou elles distribuent. Surtout ils ou elles.

Pour distribuer *Quat'jeudis*, j'ai mon équipe. La « fine équipe », pourrait-on dire. Pas qu'ils soient tous très fins, mais réunis ils déménagent. Pour cette édition, ils et elles ne sont pas loin d'une cinquantaine. Pif paf, je calcule que chacun transbahute en moyenne quatre paquets à livrer sur à peu près autant de points de vente. Ce n'est pas très pro. Ce n'est pas très pro parce que je ne fais pas appel à des pros pour ce boulot. Disons que pour eux, ce sont des « extras », un moyen d'arrondir les fins de mois. Mais j'y trouve mon compte avec cette façon de faire, et eux aussi. D'abord, mes livreurs sont plus ou moins des amis, plus ou moins des informateurs en puissance ou avérés ; et puis je leur rends service. Et ça, rendre service, c'est bien.

Parfois, j'accompagne l'un d'entre eux. Pas pour espionner, pour « former ». Pour le présenter aux libraires, aux commerçants qui me font le plaisir de vendre ce que je persiste à appeler ma feuille de chou. *Quat'jeudis* est sorti. Youpi ! C'est ce que je me dis à chaque fois, et à chaque fois je me dis aussi que ce numéro est le meilleur de tous ; à chaque fois j'ai hâte au prochain, je me demande comment je pourrais faire encore mieux. Hé ho ! Je ne suis pas aux pièces ! Ce qui compte, c'est d'y trouver mon bonheur.

L'article phare de cette nouvelle édition, c'est bien sûr l' « Affaire des défenestrés ». Avec un grand A. Un gros titre en une : *E pericoloso sporgesi*. J'ai trouvé ça joli. Pas du meilleur esprit et ça va encore me valoir des e-mails de mauvais coucheurs, mais joli. Un bandeau en diagonale, en haut de première page : Édition spéciale – Assassins. En lettres blanches sur fond rouge, comme pour les bouquins.

J'ai tenu parole. Le procureur en prend pour son grade, mais en filigrane. Sa fille itou. Les rares initiés comprendront, les autres ne verront dans leurs réactions que celles d'un père et d'une fille embarqués ensemble, pour des raisons bien différentes, dans une sordide affaire.

Huit pages au total. En suivant la chronologie des événements. Une sorte de mini roman-photo, qui va de la vie résumée des victimes jusqu'à l'arrestation des coupables, en passant par l'enquête d'abord bâclée – double suicide, bien sûr, quoi d'autre ? – puis les indications, attendrissantes à souhait, de Toumane, qui me conduisent – il faut bien se vendre… – à douter, à enquêter, à rechercher ce fichu brise-vitre (encore bravo Toumane), à le remettre aux autorités (Jobard, ce héros…) qui (tout est bien qui finit bien) y trouveront les empreintes menant aux assassins. La fille du procureur ? Elle était (quel hasard ! le monde est petit…) dans le train, mais n'a rien vu, rien entendu. D'ailleurs, personne n'a rien vu rien entendu. Sinon, bien sûr, cela se serait su… L'Homme de fer est le grand oublié du dossier, il y tenait. Toumane le personnage central. Le triste sort des migrants, à commencer par celui des enfants, voilà un vrai sujet. Dans cette sombre époque où les populistes de tous bords voudraient les rejeter à la mer, Toumane est un appel. C'est évident, mais il n'est pas inutile de le rappeler et c'est ce que j'ai fait : Toumane est un être humain. Comme tous les siens.

Et Jérôme Bourdon dans tout cela ? Il est toujours dans le coma. Les absents ont toujours tort, pensera l'inconscient collectif. Quand il se réveillera, s'il y parvient un jour, cette affaire sera oubliée. Balayée par une multitude d'événements du même genre. Des faits divers. D'autres qui le sont moins. Derrière la violence ordinaire s'en cache une, bien plus grave, sournoise, parce qu'on y est indifférent. Combien de Lajoue livrés à eux-mêmes dans les quartiers ? Lajoue est coupable, il sera condamné, peut-être interné. Il est aussi victime. Né dans la misère. Misère financière, mais aussi affective, intellectuelle, culturelle. Lajoue est un cumulard, il additionne les misères. « *On choisit pas ses parents, on choisit pas sa famille, on choisit pas non plus les trottoirs de Manille, de Paris ou d'Alger pour apprendre à marcher.* » clame Maxime le Forestier. Bien sûr qu'on ne choisit pas. La mort de Clara Boudringhin est injuste, la naissance de Lajoue tout autant. Et que dire du départ dans la vie de Toumane ? En rédigeant mon article, j'ai fait un travail de journaliste. Exposer les faits, sans les déformer, sans les interpréter. Au lecteur de juger. J'ai tout de même passé sous silence, ou presque, le « dérapage » du procureur Rouzès. Je n'ai pas menti, j'ai omis. Jusqu'au dernier moment, j'ai hésité. C'est Bignon qui a fait pencher la balance, in extremis. Gut' avait poussé les hauts cris, mais j'avais tenu bon et ce n'était que quelques lignes à changer. Bignon, dans ses recherches sur Rouzès, m'avait conforté dans l'idée que je me faisais du magistrat. Droit dans ses bottes, un peu trop, mais juste. Des louanges, chaque fois que la presse le citait. Alors je lui ai accordé le sursis… Sursis aussi, d'une certaine manière, pour les témoins. Je n'ai pas voulu les nommer, l'enquête peut-être s'en chargerait, mais la liste des noms est désormais intégrée dans les fiches – pardon, la base de données – de Bignon. Peu de chances qu'ils ressurgissent un jour, je l'espère pour eux et puis l' « aventure » leur a servi de leçon.

Épilogue

Toutes les histoires ont une fin. Il le faut bien. Et toutes les histoires sont les points de départ d'une ribambelle d'autres, parce que dans cet univers régi par la causalité, l'événement le plus infime, le plus discret, le plus anodin, peut être le battement d'aile de ce papillon d'Asie qui déclenchera – c'est une image – une tornade en Amérique. Rien n'est sans importance.

Toumane a été adopté. Que serait-il advenu de lui si je m'étais déplacé dans une quelconque voiture « moderne » dont le coffre ne s'ouvre qu'en usant d'une télécommande ? Où traînerait-il aujourd'hui si deux abrutis ne s'étaient pas mis en tête de jeter deux innocents par la fenêtre ? Toumane a été adopté. Par Jean-Pierre et Emna. Car Emna est iranienne et Toumane afghan. Emna parle le persan et Toumane le dari, qui en est la variante afghane. Ils se comprennent. Jamais l'idée de les faire se rencontrer ne me serait venue si un curé défroqué ne m'avait appris que ces deux pays avaient au moins ce point en commun. Le bonheur à venir d'un enfant afghan dépendait du haillon arrière toujours ouvert d'une guimbarde de collection, de deux indigents cérébraux ultra violents, et de la propension au bavardage d'un retraité féru de géopolitique.

Et d'innombrables autres choses encore plus anecdotiques.

La mémé disparue volontaire ne sera pas recherchée. Jobard l'a promis. Elle va couler une fin de vie paisible sur un hôtel flottant géant et ne saura jamais qu'elle doit, en partie, ce plaisir à un obscur capitaine de police ayant joué les apprentis Jo la Filoche.

Bruno Lajoue a été reconnu irresponsable de ses actes. Chez les fous, le psychopathe. Son complice par contre passera quelques années, peut-être une quinzaine, en prison. Il est pourtant à peu près aussi taré que l'autre. Peut-être, qui sait, encore plus taré que l'autre. Mais les experts sont les experts. Allez savoir ce qui conditionne les résultats d'une expertise. Quelles innombrables choses encore plus anecdotiques qu'une expertise ont fait échouer ces pauvres types là où ils sont ?

Jérôme Bourdon n'est pas sorti du coma. Nul ne sait si cela adviendra. Le jour où cela arrivera, il fera la une des médias. Peut-être. S'il n'y a pas de foot, si le pape n'est pas mort, si… Et peut-être un généreux employeur, touché par son sort, lui trouvera le job de ses rêves.

Le juge Rouzès a fait valoir son droit à la retraite. Sa fille a obtenu son diplôme de droit.

Le capitaine Calumet a sombré dans la dépression. Il faudrait qu'il change de métier.

Madame Goth a retrouvé le calme habituel de ses terreurs obsessionnelles. J'ai fait en sorte que personne ne vienne l'enquiquiner. Sauf Toumane qui je l'espère lui rendra de temps à autre de courtes visites.

Je n'ai pas revu Ananké. Enfin, Pimprenelle… Juste un mail dans lequel elle me disait que sa soutenance de stage lui avait valu une mention « Très Bien ».

Avec les félicitations du jury.